KB138628

사막과 희망의 오아시스

(가슴을 따뜻하게 하는 희망 이야기들)

신영일 산문집

사막과 희망의 오아시스

(가슴을 따뜻하게 하는 희망 이야기들)

예서

가슴에 피어오르는 희망의 꽃

가슴에 꽃이 피어오를 때가 있다. 무언가를 하지 않았지만 왠지 내일이 긍정 되고 세상이 좋게 보일 때가 있다. 바로 희망 때문이다. 희망이 있으면 세상이 더 나아 보인다. 가슴에 희망을 가져라. 손에 쥔 것이 적어도 벌어놓은 돈이 적어도 가슴에 희망을 품어라. 희망이 있으면 추운 겨울에도 가슴이 따뜻해진다.

나는 책의 주제로 희망을 잡았다. 나는 많이 생각해보았다. 갈수록 힘들어져 가는 삶속에서 또한 각박한 시대 현실 속에서 무슨 글을 쓸까 하고 말이다. 바로 희망이었다. 희망은 절망을 이길 수 있다. 희망이라는 말 자체만으로도 가슴에 따뜻함을 전해준다.

요즘의 대한민국 사회는 희망보다는 불안이 더 많게 느껴진다. 먹고살기 어려워서일 것이다. 공부해도 그것도 아주 열심히 공부해도 취직이 잘되지 않아서일 것이다. 창업을 해도 사업이 원하는 만큼 본궤도로 오르지 않아서일 것이다. 하지만 무엇보다 가슴에 희망을 채울 자리를 미리 마련하지 않아서는 아닐까?

프랑스의 황제 보나파르트 나폴레옹은 "나의 비장의 무기는 아직 손 안에 있다. 그것은 바로 희망이다."라고 말했다. 나폴레옹은 작은 섬 코르시카 출신이었고 프랑스로 유학했으며 작은 키와 가난 때문에 힘든 유년 시절을 보냈지만 군인이 되었고 마침내 프랑스의 황제가 되었다. 나폴레옹은 많은 전투들을 치르면서 왠지 모를 두려움과도 싸웠을 것이다. 하지만 그는 자신을 믿었다. 나폴레옹은 수많은 군사 전략과 함께 또 다른 비장의 무기로 희망을 선택했다.

"아직 가능성이 남아 있다."
당신이 오늘 하고 있는 노력을 멈추지 말라. 노력을 내일도 지속하라. 당신이 노력을 지속하는 한, 땀을 흘리며 전진하는 동안 희망은 당신을 지탱시켜 줄 것이다. 마음에 절망이 찾아들 때 자리를 내어주지 말라. 마음에 빈틈을 보이지 말라. 희망을 부여잡아라. 당신이 걸어온 길을 계속해서 가라. 절망은 수시로 찾아들며 그대의 길을 멈추게 하려고 할 것이다. 절망은 마음을 얼어붙게 하려고 할 것이다. 그럴 때 절망에 눈길을 주지 말라.

어떻게든 희망을 선택하라. 당신이 희망을 선택하는 한 당신의 삶은 더욱 밝아질 것이다.

"사막 어딘가에는 오아시스가 있다."

삶이 아무리 힘들어도 사막보다 더 힘들지는 않을 것이다. 사막에는 뜨겁게 내려쬐는 햇빛과 한 발자국도 쉽게 허락하지 않는 모래가 있다. 물의 가치가 폭등하는 곳이 바로 사막이다. 함부로 들어설 수 없는 곳이 바로 사막이다. 그럼에도 사막에는 여전히 희망이 있다. 사막은 바로 푸른 오아시스를 머금고 있기 때문이다. 사람들은 오아시스가 있기 때문에 가슴에 희망을 품고 오아시스를 찾아서 떠난다. 어디 있는지 알지 못해서 순간순간 두려움과 불안이 찾아들지만 오아시스를 찾는 순간 희망은 현실이 되고 만다. 당신이 오늘 아무리 힘들어도 사막보다는 덜 힘들 것이다. 오아시스라는 희망을 놓지 말라. 그리고 오아시스를 찾는 사람이 되어라. 오아시스를 찾아서 오늘을 박차고 떠나는 사람이 되어라. 개척자가 되어서 마침내 오아시스를 찾아내라.

"물이 아직 반이나 남아 있어!"

가슴에 희망을 품은 사람들은 절망을 품은 사람들과 생각이 다르다. 그런 사람들은 대개의 부정적인 생각에서 벗어난 생각을 한다. 테이블 위에 물 한 컵이 놓여 있었다. 그리고 한 사람이 물을 반 정도 마셨다. 이제 물이 반밖에 남지 않았다. 하지만 그 사람은 물이 아직도 반이나 남아 있다고 생각했다. 부정이 아닌 긍정이다. 물이 반밖에 남아 있지 않다가 아니라 물이 반이나 여전히 남아 있다고 생각하는 방식은 가슴에 희망을 끌어들인다. 당신이 보기에 따라서 부정적인 환경 속에서도 희망의 끈을 찾아낼 수 있다. 힘들었던 날들을 떠올려보라. 당신은 그때 혹시 힘들었던 그대로를 받아들이지 않았는가? 희망의 요소를 발견하려고 노력했는가? 이제는 이 책을 집어든 순간부터 마음에서 절망과 멀어지고 희망과 가까워져라. 마음에 희망이 있으면 웃을 수 있다. 여유가 있기 때문이다. 마음이 환해지고 따뜻해지기 때문이다.

차 례

5장 가슴에 희망을 채워야 한다

1장 희망이 숨어 있다

희망이 숨어 있다

오늘날은 첨단 기술 시대이고 지구 행성 밖을 돌고 있는 인공위성과 자동 항법 장치가 있어서 바다를 자유롭게 항해할 수 있지만 20세기 초반까지만 해도 그렇지 않았다. 바다에 나서는 것은 목숨을 거는 일이었다. 대양을 건너는 일은 모험 천만한 일이었고 일등 항해사들이 있어야 시도할 수 있었다.

나는 국민학교(초등학교) 5학년 때 수업 도중에 나온 담임 선생님의 질문을 맞혀서 주목을 받았다. 그 전까지는 가끔씩 장난을 쳐서 그런지 벌을 주었던 선생님이 질문을 맞혔던 다음부터는 공개적으로 특별 대접을 해주셨다. 시큰둥한 표정에서 밝게 웃어주시는 모습으로 바뀌었다. 그 질문은 다음과 같다.

"세계에서 희망봉이 어디에 있을까?"

세계 지도를 꺼내서 보라. 지구본이라도 좋다. 많은 국가들과 도시들 중에서 희망이 숨어 있는 희망봉을 찾아보라. 어디에 있는지 짐작이 가는가? 나는 독자들에게 힌트를 주고 싶다. 험난한 바다를 항해하는 선원들의 입장에서 생각해 보아야 한다. 그러면 희망봉은 평범한 곳에 있지 않다는 것을 짐작할 수 있다. 희망봉은 과연 어디에 있을까?

희망봉은 바로 남아프리카공화국의 항구 도시 '더반(Durban)' 에 있다. 희망봉이 왜 더반에 있을까? 지도를 펼쳐보라. 남아프리카공화국은 아프리카 대륙의 가장 밑단에 위치해 있다. 왼쪽에는 대서양이 있고 오른쪽에는 인도양이 있다. 범선을 타고 인도양 바다를 건너 대서양으로 가려면 보통 어려운 일이 아니었다. 지도에서 볼 수 있듯이 남아프리카공화국이 위치해 있는 지역을 잘 돌아서 지나가야 한다.

선원들은 바다 위에서 무조건 희망봉을 찾아 더반에 가야 한다. 더반에 가기만 하면 '이제는 아프리카 대륙 끝단까지 왔구나' 하는 안도감을 느낄 수 있었다. 더반은 그야말로 희망이 숨어 있는 곳이었다. 더반에서 머물다가 대서양으로 바로 넘어가면 될 일이었다. 오랜 시간 동안 바다 항해에 지친 선원들은 희망봉을 발견하고서 환호성을 질렀을 것이다.

희망이 있으면 더 전진할 수 있다

마라톤은 오래 동안 달려야 하는 경기다. 마라톤 선수들은 두 시간 넘는 동안 무려 42.195킬로미터를 달려야 한다. 마라톤은 체력의 한계와 인내심의 극한에 도전하는 경기다. 선수들은 다른 경쟁자들을 이기기 전에 먼저 자신을 이겨야 한다. 마라톤 선수들은 저마다 가슴에 우승의 희망을 가지고 있다. 누구나 우승하고 싶을 것이다. 선수들은 올림픽의 마라톤 경기에서 우승하고 나면 국제적인 명성을 얻는다.

우승하는 마라톤 선수가 있는 반면 많은 선수들은 도중에 멈추고 주저앉는다. 한계에 부딪히기 때문이다. 그때 우승의 희망을 가지고 있는 사람들은 한 걸음 한 걸음 앞을 향해서 전진할 수 있다. 마라톤 선수들은 힘들어도 연습할 때를 떠올리며 앞을 향해서 달린다. 가슴에 우승의 희망을 가진 사람은 쉽게 주저앉을 수 없다. 아니 주저앉더라도 다시 일어나야 한다.

　마라톤 선수들에게 우승은 전부가 아니다. 선수들은 우승 이전에 완주하고 나면 자신과의 싸움에서 이겼다는 쾌감을 느낄 수 있다. 일반인들도 마라톤 경기에 참여할 수 있다. 사람들은 10킬로미터만 넘어서도 숨이 가빠지고 그만두고 싶어진다. 어떤 사람은 달리다가 또 도중에 걷다가 그렇게 페이스 조절을 하기도 한다. 함께 달리는 사람들과 페이스를 맞추지 않아도 된다. 사람들은 마라톤 경기 완주라는 희망을 향해서 달리는 것이다.

　인생을 마라톤 경기에 비유하기도 한다. 당신은 어떤 마라톤을 달리고 있는가? 힘들고 외로워도 그만두지 말라. 완주하는 자체에 의미가 있다. 당신의 인생을 끝까지 달려라. 힘들게 공부하는 입시생이라면 도중에 그만 두고 싶을 때 대학교에 합격해서 가슴 벅차게 기뻐할 모습을 떠올리고 희망을 품어라. 희망이 당신을 이끌어줄 것이다. 그 희망이 당신에게 공부를 더 할 수 있는 힘을 줄 것이다.

　당신이 여러 회사들에 취업 지원 원서를 내고도 합격하지 못했다면 낙담하지 말라. 세상에는 회사들이 많다. 당신은 숨을 가다듬고 당신에게 잘 어울릴 것 같은 회사들을 찾아보라. 많은 회사들은 아직도 사람이 없다고 말한다. 구직자들은 일할 곳이 없다고 하는데 말이다. 희망을 가지고 한 걸음만 더 전진하라. 당신이 만약에 한 걸음만 더 나아가면 잘될 수 있는 일이었는데 그렇게 하지 않아서 물거품이 되고 마는 일이라면 어떻게 하겠는가? 당연히 한 걸음 한 걸음 더 나아가야 한다. 당신은 한 걸음 더 나아가되 이번에는 다른 전략을 써라. 당신이 다른 효과적인 전략을 쓰면 희망을 실현할 가능성이 더 높아진다.

가슴에 희망을 품어라. 프랑스의 소설가 시도니 가브리엘 콜레트는 "희망은 비용이 들지 않는다."고 말했다. 희망은 공짜로 얻을 수 있는 힘이다. 마음만 먹으면 희망을 가질 수 있는 것이다. 당신은 희망을 선택하는 사람이 되어라. 절망이 밀려들 때 절망이 아닌 희망을 선택하는 사람이 되어라. 그러면 당신의 가슴은 더욱 밝아지고 힘이 생긴다.

천 걸음을 움직이는 것은 많이 힘들고 버겁지만 한 걸음을 떼는 것은 그리 어렵지 않다. 하지만 절망이 찾아들 때 한 걸음을 떼기란 정말로 힘겹고 어렵다. 그럴 때는 절망이 보여주지 않는 다른 면을 찾아보려고 노력하라. 절망은 가슴에 어둠을 몰고 온다. 세상에는 검정색 한 가지만 있는 것이 아니다. 무지개처럼 일곱 가지 색들도 있고 하늘처럼 푸른색도 있으며 구름처럼 흰색도 있다. 당신은 어떤 색을 선택하고 싶은가? 당신의 가슴을 따뜻한 노란색으로 또는 열정적인 빨간색으로 채우고 싶지 않은가? 희망은 어둠을 주지 않는다. 당신은 눈을 뜨고 절망을 직시하라. 그러면 당신은 절망을 걷어내고 차츰 희망을 느낄 수 있다.

희망은 끝까지 견디게 하는 힘이다

'2년 동안 1009번의 도전'

오늘날 세계 80여 개국에 1만 3천여 개의 매장을 가진 기업으로 성장한 KFC의 일화다. KFC는 한 사람의 눈부신 도전이 없었으면 탄생하지 못했을 것이다. 바로 커넬 샌더스다. 그는 미국의 켄터키 주 코빈에서 주유소와 작은 식당을 운영했었다. 그는 식당을 하면서 닭요리에 대한 연구를 거듭했고 자신만의 독특한 치킨 요리를 만들어내는 데 성공했다. 하지만 그는 경제 대공황으로 65세의 나이에 파산했다. 그는 절망하고 주저앉기보다는 자신이 직접 개발한 조리법을 가지고 팔기 위해 트럭을 빌려서 길을 떠났다. 그리고 무려 2년여 동안 1008번이나 거절당했다. 그래도 그는 희망을 잃지 않았고 멈추지 않았다. 결국 그는 그 다음 도전을 했고 KFC 1호점이 탄생할 수 있었다.

만일 커넬 샌더스가 수백 번의 도전 끝에 좌절하고 그만두었다면 오늘날 맛있는 KFC 치킨을 맛볼 수 있는 기회는 없었을 것이다. 그는 될 때까지 문을 두드렸고 결국에는 KFC를 창업할 수 있었다. 그는 좌절하는 순간에도 희망을 잃지 않았다.

학생들은 공부를 하고 노력하더라도 성적이 곧 잘 오르지 않으면 그만두려고 한다. 공부가 어렵게 느껴지기 때문이다. 학생들은 그때 마음에서 절망하지 말고 희망을 가져라. 공부를 하다 보면 성적은 바로 오르지 않지만 일정 기간 동안 실력이 쌓여서 자기도 모르게 실력이 오르는 순간을 만날 수 있다. 학생들은 그때까지 좌절하지 말고 인내하라. 끝까지 밀고 나가라. 될 때까지 공부하는 것이다. 이해될 때까지 노력해보는 것이다. 그렇게 노력한 끝에 성적이 오르기 시작하면 가슴 벅찬 희열을 느낄 수 있다. 학생들이 가슴 속에 언젠가 성적이 많이 오를 수 있다는 희망을 품고 있으면 공부하는 내내 끝까지 좌절하지 않을 수 있다. 그리고 마침내 희망이 현실이 되면 학생들은 인생에서 한 단계 더 도약하게 된다.

희망은 끝까지 견디게 하는 힘이다. 커넬 샌더스는 1008번씩이나 견뎠다. 그가 만약에 999번째에 실패하고 좌절했더라면 1000번째 도전은 없었을 것이다. 대부분의 사람들은 그 정도까지 하지도 못한다. 수십 번만 되지 않더라도 쉽게 좌절하고 그만

두고 만다. 하지만 가슴에 희망을 품고 있으면 다시 일어서서 도전할 수 있다. 1009번의 도전은 희망의 산물이다. 반드시 해내고야 말겠다는 노력의 산물이다. 그리고 커넬 샌더스는 해냈다. 그가 개발했던 조리법은 세계적으로 인정받았다.

학생들은 오늘 무슨 도전을 하고 있는가? 반에서 공부 1등이 되고 싶은가? 가슴에 희망을 품어라. 할 수 있다. 그리고 될 때까지 노력하고 공부를 더 잘할 수 있는 좋은 방법과 좋은 전략을 찾아라. 커넬 샌더스가 수많은 거절을 받았으면서도 굴하지 않고 해냈듯이 학생들도 가슴의 희망을 향해서 움직여라. 학생들이 마음먹으면 해낼 수 있다. 반에서 10등 밖에 머물던 학생이 1등의 희망을 가슴에 품고 기어코 해낸다면 인생은 그만큼 더 많은 가능성을 머금고 밝아질 것이다. 가슴에 희망을 품고 공부하라.

당신이 만약에 사업을 하는 사람이라면 사업이 빨리 본 궤도에 오르지 않는다고 마음에서 조바심을 내거나 쉽게 실망하지말라. 또는 당신이 사업에서 실패를 경험한 적이 있다면 실패를 분석해서 양분을 추출해내고 실패를 오히려 경험 자산으로 만들라. 커넬 샌더스는 65세에 파산을 겪고 나서 다시 일어섰다. 당신만의 비법을 만들어내고 다른 사람들과 차별화하고 나서 일어서라. 가슴의 희망을 실현시켜라. 사업이 잘되지 않아서 낙담하거나 좌절하고 싶을 때 마음에서 절망이 아닌 희망을 선택하라. 적극적으로 희망을 선택하는 것이다. 그러면 희망이 당신을 이끌게 된다.

사람은 누구나 삶 속에서 실패를 경험할 때가 있다. 그때 가만히 있고 움츠러들면 좌절감에 압도당한다. 세상에 실패하는 사람들은 많다. 하지만 희망을 품고 일어서는 사람은 적다. 그리고 성공하는 사람도 적다. 당신은 가슴에 희망을 품고 다시 일어서는 사람이 되어라. 당신은 한두 번 아니 열 번 해서 되지 않는다고 해도 희망을 가지고 끝까지 가보라. 그 희망이 미래에 당신을 미소 짓게 할 것이다.

2장 사막 어딘가에 희망의 오아시스가 있다

사막 어딘가에 희망의 오아시스가 있다

사막은 많이 더운 곳이다. 기온이 40℃가 넘는다. 기온보다
더 무서운 것이 바로 모래다. 드넓게 펼쳐진 모래사막을 여행하
는 것은 힘든 일이다. 사막을 본 적이 있는가? 나는 TV 방송에서
사막을 보았다. 사막을 여행하는 사람들이 지나가고 나면 모래
바람으로 발자국들이 지워진다. 사막에서 가장 소중한 것은 무엇
일까? 아마도 물이 아닐까? 뜨거운 햇볕이 내리쬐는 사막에서
시원한 물은 없어서는 안 될 아주 소중한 것이다. 그래서 사막을
여행하는 사람들에게 오아시스는 희망이 샘솟는 곳이다.

오아시스는 흔하지 않다. 사막에서 오아시스는 눈에 잘 띄지
도 않는다. 사막에는 때로는 햇빛에 반사되어서 나타나는 신기
루가 보이기도 한다. 오아시스인 줄 알고 가보았는데 알고 보니
신기루인 것이다. 당신은 오아시스를 찾아보고 싶지 않은가?

사막에서 여행하다가 오아시스를 찾아낸 사람들은 가슴 벅찬 희열을 느낄 것이다. 사막에서 오아시스는 희망과 기쁨 그 자체다. 며칠 동안 물을 마셔보지 못한 사람들에게는 오아시스의 물이 축복 그 자체다. 사막을 건너느라 물을 마시지 못한 낙타들에게는 오아시스가 쉼의 장소다. 물을 마음껏 마실 수 있기 때문이다.

살다 보면 마음이 지칠 때가 많다. 사막 같이 답답하고 힘겹게 느껴질 때도 있다. 당신의 오아시스는 어디에 있는가? 오아시스를 찾을 수만 있다면 마음 편히 숨쉴 수 있을 것이다. 하지만 오아시스는 쉽게 눈에 띄지 않는다. 하지만 사막 어딘가에 희망의 오아시스가 있다. 가슴에 희망을 가져라. 오아시스를 찾을 수 있다는 희망 말이다.

희망을 안고 사는 사람들과 그렇지 않은 사람들은 차이가 많다. 어디인지는 모르지만 어딘가에 오아시스가 있다는 것을 알고 있는 사람들은 마음에 가능성과 희망을 품고 찾아 나선다. 당신도 삶에서 가능성과 희망의 오아시스를 찾아서 나서라.

아직도 물이 반이나 남아 있다

"물이 반밖에 남아 있지 않아."

아이가 테이블 위에 놓여 있는 컵 속의 물을 보고 하는 말이다. 아이는 물을 반 컵 정도 마시고 나서 놓아둔 컵을 보고 부정적으로 생각했다. 어떤 사람들은 마음에서 긍정이 아닌 부정을 선택한다. 아직 분명히 물이 남아 있는 데도 말이다. 그것도 물이 반씩이나 남아 있다. 그러나 다른 사람들은 다르게 반응한다.

"아직도 물이 반이나 남아 있어."

다른 아이는 같은 양의 물을 담고 있는 똑같은 모습을 보았는데도 다르게 반응했다. 아이는 물을 반이나 마셨지만 아직도 반이나 남아 있어서 좋다고 생각했다. 그 아이는 부정이 아닌 긍정을 선택했다. 당신은 어떤 유형에 속하는 사람인가? 당신은 마음에서 부정이 아닌 긍정을 선택하는 사람이 되어라.

같은 현상을 보고도 다르게 대답하는 긍정과 부정에는 차이가 많다. 긍정은 가능성을 말하지만 부정은 가능성의 기회를 닫아버리고 만다. 사람에게는 누구에게나 장점이 있고 단점이 있다. 부정적으로 보는 사람에게는 장점도 만족스럽지 않게 보인다. 단점보다는 장점에 주목하라. 당신은 더 좋은 면을 보게 될 것이다. 가능성의 기회를 만들어내는 것이다.

임진왜란에서 연전연승 행진을 하던 이순신 장군과 조선 수군은 왜(일본)군의 큰 위협이 되었다. 왜군은 조선 수군 때문에 바다 길을 통해서 진격할 수가 없었다. 왜군은 더욱이 바다에서의 제해권을 장악하지 못해서 왜 본토로부터 공급 받는 보급 물품도 안심하고 받을 수 없었다. 그런데 이순신 장군이 삼도수군통제사 직에서 박탈당했다. 이 무렵 조선 수군은 잘 갖추어져 있었다. 임진왜란 초기에 비하면 규모가 컸었다. 조선 수군은 100여 척이 넘는 대규모 함대를 구성하고 있었다. 그런데 후임 삼도수군통제사가 된 원균은 그만 왜군을 공격하러 대규모 함대를 움직였다가 그만 칠천량에서 패전하고 말았다. 조선 수군은 대부분의 함대를 잃었다. 하지만 당시 조선 수군 장수 한 명이 패전하기 전에 도망쳤고 일부 함대가 남아 있었다.

이순신 장군은 백의종군을 했고 다시 삼도수군통제사가 되었다. 아무리 이순신 장군이라고 해도 전선 없이 수군을 운용할 수는 없었다. 조선 조정에서는 수군을 해산시키고 육군에 집중시키려는 움직임이 있었다. 이때 이순신 장군은 다음과 같은 장계를 조선 조정에 올렸다.

"아직도 12척의 배가 남아 있습니다."

당시 대부분의 사람들은 고작 12척의 배라고 생각했을 것이다. 전투에 나서보기도 전에 수백 척의 함대를 가진 왜 수군을 당해내지 못할 것이라고 짐작했다. 그렇게 되면 조선 수군은 바다 길을 내어주게 되고 왜군이 조선의 수도 한양으로 진격하게 놔두는 모양이 되고 만다. 그 이전에 아무리 연전연승을 했던 이순신 장군이라고 해도 조선 수군은 쉽사리 승전을 기대하기 어려웠을 것이다. 하지만 이순신 장군은 수군을 이끌고 전선에 올라 왜 수군과의 전투에 나섰다. 이순신 장군은 고작 12척의 배가 아니라 아직도 12척의 배라고 여겼고 가능성과 희망을 보았다. 그만한 전선이라도 없었으면 아예 전투를 치를 수도 없었을 것이다. 이순신 장군과 조선 수군은 기어코 명량 해전에서 승전했다. 13척의 배로 133척의 적을 만나서 대파했던 명량 해전이다.

이순신 장군이 희망을 선택하지 않고 칠천량 해전 때 도망쳤던 수군 장군처럼 절망하고 전투를 피하려고 했다면, 또는 자신의 관직을 삭탈했던 조선의 왕 선조에게 개인적인 감정을 앞세

웠다면, 전투에 나서지 않았을 것이다. 이순신 장군은 절체절명의 순간에 불리한 조건을 등에 업고도 명량 해전에서 승전을 거둠으로써 임진왜란의 전세를 반전시킬 수 있었고 나라를 건져 올렸다.

당신은 오늘 어떤 전투를 치르고 있는가? 당신은 회사에서 별 기대감 없이 일하고 있는가? 하루하루를 흘려보내고 있는가? 당신이 가지고 있는 현재의 자원을 가능성과 희망의 관점에서 바라보라. 당신은 일할 수 있고 다닐 수 있는 회사가 있다는 사실만으로도 기대감이 생길 것이다.

당신은 만약에 13척의 배가 있다면 133척의 적군을 만나서 전투에 나서겠는가? 전력의 열세를 안고서 말이다. 나서지 않으면 안 되는 그래서 바다 길을 내어주면 나라를 내어주는 것과 같았다. 아마도 쉽게 전투에 나서겠다는 사람은 없을 것이다. 하지만 이순신 장군과 조선 수군은 절망이 아닌 가능성과 희망을 선택했다. 수많은 조선 백성들의 희망을 선택한 것이다. 이순신 장군과 조선 수군이 바로 희망이었다.

하루를 시작할 때 가능성의 관점에서 보라. '하루쯤이야'라는 생각이 아니라 '하루씩이나'라는 생각을 선택하라. 그래서 긍정이 부정을 이기고 하루의 몫이 더 커지게 하라. 하루는 24시간씩이나 된다. 하지만 하루가 어떻게 지나가는지도 모른 채 가만히 있다 보면 하루가 몇 시간 정도로밖에 느껴지지 않을 때도 있다. 하루는 소중하다. 그 하루하루가 모여서 한 달이 되고 1년이 되며 인생이 된다.

오늘이라는 시간은 한번뿐이다

모래시계를 본 적이 있는가? 시간이 흐를수록 모래가 조금씩 아래로 떨어진다. 그리고 일정 시간이 되면 멈춘다. 인생은 모래시계와 비슷하다. 인생은 80년 정도 살고 나면 멈추는 것이다. 시간이 다 가기 전에 인생을 소중하게 값지게 보내야 한다. 그렇게 하는 방법은 하루하루를 소중하게 의미 있게 사는 것이다.

오늘 하루는 한번뿐이다. 다시 오지 않는다. 당신은 하루를 어떻게 보내고 있는가? 아침에 햇살과 함께 하루를 맞이하는가? 아니면 늦잠을 자는가? 하루에서 아침은 소중한 시간이다. 하루의 성패를 가름하는 시간이 아닐까 싶다.

아침을 여유롭게 보내라. 빨리 보낸 시간은 잘 기억나지 않는다. 시간을 소중하게 의미 있게 보내는 방법은 시간을 음미하며 여유롭게 보내는 길이 아닌가 싶다. 그러면 시간이 쏜살같이 지나간 느낌은 받지 않을 수 있다. 아침에 당신의 하루를 계획하라.

하루를 의미 있는 다양한 일들로 채워라. 하지만 시간에 매이지 말라. 시간이 흘러가는 리듬에 맞춰서 하루를 의미 있게 여유롭게 보내라. 그리고 때로는 눈을 감아보라. 시간의 흐름이 느리게 느껴질 것이다. 여러 가지 일상에 매여서 허우적대는 삶에서 벗어날 수 있다. 그리고 자신의 마음을 들여다볼 수 있다. 그렇게 잠깐 동안 사색하는 것이다.

미국의 철학자 랄프 왈도 에머슨은 "그 날 그 날이 일생을 통해서 가장 좋은 날이라는 것을 가슴 깊이 새겨두라."고 말했다. 오늘 하루는 다시 오지 않는다. 하루를 어떻게 보내느냐에 따라서 인생이 달라질 수 있다. 그래서 오늘 하루를 열정적으로 살아라. 후회하지 않게 말이다. 그렇게 산 하루하루가 모여서 기적을 만들어낼 수도 있다.

가슴에 희망을 품고 하루를 걸어가라. 당신의 꿈을 향해서 전진하라. 희망이 있는 한 꿈이 있는 한 당신의 걸음은 즐거울 것이다. 때로 느리게 걷더라도 걱정하지 말라. 앞으로 전진하고 있는 한 당신은 꿈에 한 발짝 더 다가서는 것이다. 오늘 하루가

희망으로 꿈을 꾸는 하루가 되게 하라. 인생을 가장 소중하게
의미 있게 사는 길은 꿈을 꾸는 것이다. 가슴에 꿈을 품는 것이다.

내일은 오늘보다 더 나을 수 있다

내일이 오고 있다. 오늘이라는 시간이 지나갈수록 내일은 가까워진다. 만약에 당신의 내일이 어둡다면 어떻게 하겠는가? 적어도 어두운 데서 더 밝아지도록 노력해야 하지 않을까? 당신이 그렇게 노력한다면 내일은 오늘보다 더 나을 수 있다. 내일은 더욱 밝아진다.

로마의 철학자 마르쿠스 툴리우스 키케로는 "삶이 있는 한 희망은 있다."라고 말했다. '내일은 오늘보다 더 나을 수 있다'라는 희망을 가져라. 그러면 당신은 내일을 기대할 수 있다.

당신이 가만히 있으면 내일은 희망을 가져다주지 않는다. 내일을 가능성과 희망으로 맞이하려면 내일이 오기 전에 내일을 개척해야 한다. 오늘부터 내일에 대해서 조금씩이라도 생각해보라. 하루 중에 시간을 내서 내일을 계획하는 습관을 들이면 좋다. 그리고 한 가지씩 새로운 일과 의미 있는 일을 시도해보라. 그러면 하루하루가 새로워지고 의미 있어지며 내일은 분명히 달라진다. 오늘과 같은 그저 그런 내일이 아니라 새로운 내일을 만날 수 있다.

희망은 따뜻하고 절망은 차갑다

마음에도 온도계가 있다. 마음도 실은 따뜻함과 추위를 느낄 수 있다. 알게 모르게 다가오는 절망의 느낌은 추위다. 절망은 차갑다. 어떻게 해야 할지 모르겠고 어찌할 바를 모를 때 마음에서 절망을 느낀다. 그럴 때는 어떻게 해야 할까? 한 발짝이라도 움직여야 한다. 웅크리고 앉아 있는 방 안에서 나올 필요가 있다. 햇빛이 비치면 밝은 곳이 생긴다. 그때 밝은 곳은 마음에 환하게 비친다.

마음이 차가울수록 더욱 밝은 곳을 찾을 필요가 있다. 때로는 사람들이 붐비는 길거리를 여유롭게 걸어보라. 나는 대학생들이 북적이는 대학교의 캠퍼스 길을 걷는 것을 좋아한다. 많은 나무들이 있어서 공기가 상쾌하다. 그러면 마음이 춥다가도 시원하고 따뜻해지며 밝아진다. 바로 희망의 느낌이다. 희망은 따뜻하다.

나는 20대 청춘들은 희망보다는 절망이 더 많다고 느낀다. 나는 이미 40대를 넘었지만 20년 전의 그때 20대들보다 오늘날의 20대들은 인생을 살아나가기가 더 많이 어려운 것 같다. 도대체 어떻게 해야 할까? 20대들을 향해서 88만원 세대라고 부르기도 한다. 삶이 그만큼 어렵고 팍팍하다. 10년 전의 20대와 20년 전의 20대보다 오늘날의 20대는 기회가 더 적은 미래를 살아가고 있다.

20대 청춘들은 국가의 측면에서 머지않아서 국가의 동력과 활력이 된다. 그런데 40대를 넘은 어른들이 그 20대들의 어깨에 짐을 지웠다. 20대 청춘들이 노력하고 또 노력해도 먹고 살아가기가 어려운 시대가 되었다. 상위 5% 이내에 들지 못하면 희망이 아닌 절망을 느끼는 시대가 왔다.

대한민국의 어른 세대가 20대들의 미래를 심각하게 깊이 고민했다면 오늘날과는 달랐을 것이다. 개미와 베짱이를 기억하는가? 개미는 여름의 햇빛이 쨍쨍하게 비치는 좋은 날씨에 놀 수도 있었지만 열심히 일했다. 그리고 개미들은 먹이들을 모아서 아직 오지 않은 추운 겨울날을 대비했다. 그런데 베짱이는 그런 개미를 비웃었고 좋은 날씨에 노래를 부르면서 즐기고 놀

앉다. 그런데 베짱이는 추운 겨울날이 오자 굶게 되었다. 베짱이는 개미가 부러웠다. 하지만 이미 돌이키기에는 늦어버렸다. 개미는 현명했고 베짱이는 어리석었다. 개미는 희망을 만났지만 베짱이는 절망을 만났다. 하지만 베짱이도 늦지 않았다. 개미에게 다가가서 먹이를 조금 빌려달라고 한 다음에 다음 해부터는 개미한테 배워서 개미와 함께 열심히 일하면 된다.

20대 청춘들은 좋은 기업에 취직하고 싶어 하고 일하고 싶어 한다. 하지만 희망을 볼 수 있는 출구가 많지 않다. 대한민국을 이끌어가고 있는 40대와 50대 어른 세대가 20대들에게 희망을 나누어줄 필요가 있다. 또 아는가? 어른 세대가 20대들에게 희망을 나누어주면 나중에 시간이 지나서 20대들이 어른 세대에게 더 큰 희망을 나누어주게 될 줄 말이다.

간단한 대안이다. 나는 대한민국의 어른 세대가 모아놓은 열매들을 아주 조금씩 모아서 20대들에게 분배해야 한다고 생각한다. 자본주의는 문제가 많다. 신자유주의도 문제가 적지 않다. 경쟁 지상주의는 모두를 지치게 만들고 거두어들인 열매에 만족하지 못하게 만든다. 그런 면에서 자본주의는 차갑다. 대한민국은 외적으로 경제는 발전하는데 저성장 시대로 접어들었고 장기 불황 시대이며 사회는 점차 삭막해지고 있다. 함께 사는 것이 아닌 혼자 살아남기 위해 사는 사회가 되어버렸다. 국가를 이끌고 있는 힘 있는 어른 세대부터 바뀔 필요가 있다.

나는 모든 국민들이 모아놓은 세금으로 20대들을 먹일 필요가 있다고 생각한다. 기회를 다양하게 많이 만들어서 20대들에게 주어야 한다. 물론 대한민국은 고령화 사회로 접어들었으며 노년 세대도 살펴야 한다. 하지만 20대 문제는 더 시급하다. 특히 국회의원들은 어떻게든 그들이 절망이 아닌 희망의 미래를 볼 수 있는 방법들을 내놓고 정책들을 보여주어야 한다. 대한민국의 예산 세금만 잘 분배해도 많은 일들을 할 수 있다. 무엇보다 더 많은 20대들이 자유롭게 취직하고 즐겁게 일할 수 있도록 국가적으로 지원해줄 필요가 있다.

스웨덴에서는 대학생이 되면 각 사람의 은행 계좌에 2000만원 정도씩 국가가 세금으로 지원해준다고 한다. 그야말로 희망의 자금이다. 대학생들은 그 돈으로 공부를 할 수도 있고 다른 나라로 여행을 할 수도 있으며 경험을 넓힐 수 있다. 대학생이 된 사람에게 2000만원은 많은 돈이다. 대학생이 아르바이트를 해서 돈을 벌어야 한다고 가정하면 2년 동안 일만 해야 모을 수 있는 금액이다. 대한민국의 젊은 20대 청춘들이 대학교에 입학할 때 국가로부터 그런 돈을 받게 된다면 얼마나 기분이 좋을까?

새로운 방법과 정책을 만들어서라도 20대 전체 세대를 끌어 올릴 수 있도록 해야 한다. 그들은 대한민국의 미래다. 그리고 그들은 대한민국의 희망이다.

대한민국의 어른 세대는 개미처럼 지혜롭지 못했다. 특히 정 치인들은 저성장 장기 불황 시대를 미리 예측하지 못했다. 그래 서 미리 대비하지도 못했다. 미리 많은 먹이를 모아두지 못했다. 또한 일부는 20대에게 무관심하기까지 하다. 그러면 어떻게 해 야 할까? 20대 청춘들은 공부하고 아르바이트를 하느라 힘들다. 그들에게 현실적으로 큰 부담인 대학교 등록금부터 싸게 해줄 필요가 있다. 대학생들은 대학교 등록금이 반에서 삼분의 일 정도로만 내려가도 아르바이트를 하면서 등록금을 벌 수 있고 미래의 관점에서 적어도 부채를 지며 신용 불량자가 되는 것만 큼은 피할 수 있다.

한편으로 대학생들이 아르바이트를 하면서 힘들게 돈을 벌고 자립을 꿈꾸며 살아가고 있는 것은 대견하다고 볼 수 있다. 스스 로의 힘으로 돈을 벌어서 용돈을 쓰고 또 등록금을 대면서 경제 적으로 독립을 하려고 하기 때문이다. 그러면서도 대학생들은 아르바이트와 함께 어렵고 힘든 대학교 공부를 병행한다. 나는 대학교 때와 대학원 때와 국방과학연구소 연구원 전문계약직 전문연구요원 초기 때까지 전부 합해서 6년 반 동안 과외 교사

일을 하면서 자립하려고 했었다. 대학교가 국립대였지만 등록금은 적은 금액이 아니었다.

젊은 20대 청춘들이 웃지는 못해도 울지는 않을 수 있도록 해야 한다. 그들이 희망을 느낄 수 있어야 한다. 대한민국 사회가 차갑지 않고 따뜻해지려면 미래의 희망 세대부터 잘 키워야 한다. 어른 세대가 그들이 한 단계 한 단계 징검다리를 건널수록 힘을 낼 수 있는 장치를 마련할 수 있는 방법들을 고민해야 한다. 대한민국은 이대로 가다가는 미래에 절망의 시대를 만나게 될 것이다. 특히 정치인들이 개미에게 배워서 아직 오지 않은 10년 후 20년 후의 미래를 미리 대비하고 있어야 한다.

대한민국은 OECD 국가들 중에서 살기 좋은 나라라는 측면에서는 하위권이다. 지금 국가를 이끌고 있는 어른 세대가 아래를 내려다보아야 하고 미래를 미리 들여다보아야 한다. 국가에 큰 문제가 생기기 전에 미리 예측해서 예방하는 방법들을 만들어내면 훨씬 적은 힘으로 문제를 막아낼 수 있다. 만약에 10년 전의 어른 세대가 오늘날의 20대 문제를 미리 예측해서 미리 예방할 수 있는 방법과 정책을 만들어놓았다면 오늘날의 20대 세대는 여러 가지로 불리한 시대를 살아가지 않아도 될 수 있었을 것이다.

20대 청춘들에게 미래에 대한 조금의 가능성과 희망을 주는 방법으로 아르바이트 시급을 높여주는 일이 있다. 국가가 예산으로 조금씩 보조해주면 된다. 대학생들 중에 다수는 24시간 편의점 아르바이트 일을 하면서 희망을 일구고 있다. 대학생들은 손님을 맞는 중간 중간에 책을 읽어가면서 새벽까지 일을 한다. 대학생들은 밤과 낮의 리듬이 바뀌는 힘든 일을 감수하면서 스스로 돈을 번다. 그들이 법으로 정해진 최저 임금 이상으로 일한 대가를 받을 수 있도록 해주고 대학생은 고학력자인 만큼 가능하다면 그에 상응하는 임금을 받을 수 있도록 최저 임금 시급을 조금씩 높여주는 것도 좋은 일이 될 수 있다.

　유럽의 국가들에는 '노블레스 오블리주'가 있다. 많은 이권을 가지고 있는 계층이 사회적으로 그만한 의무를 이행하는 사회다. 대한민국도 이제는 사회적으로 의견을 모으고 조금씩 바뀔 필요가 있다. 상위 10%에 많이 편중되어 있는 부를 다른 90% 중에서 적어도 하위 20%를 위해서 조금씩 나누는 것이다. 미국의 대부호 빌 게이츠와 워렌 버핏은 이미 재산의 많은 부분을 사회에 환원하겠다고 말했고 미국 사회에 좋은 영향을 주었으며 세계의 많은 사람들이 좋아하고 존경한다.

　어른 세대가 모아놓은 부를 20대를 위해서 조금씩이라도 쓰게 되면 가능성과 희망이 된다. 장학금의 형태로 대학생들에게 혜택을 주는 것도 가치가 있는 일이다. 대학생들이 장학금을 받게 되면 그와 같이 좋은 일을 하고 싶어 하거나 또는 어떻게든 사회에 기여하고 싶은 마음이 들게 된다. 희망이 또 다른 희망으로 이어지고 또한 확대되며 사회가 더 따뜻해지는 방법이다.

지구 행성에는 숨쉴 수 있는 공기가 있어서 좋다

1990년에 나온 영화 〈토탈 리콜〉을 보면 화성 행성에서의 장면이 그려진다. 2084년의 가상현실의 모습을 다루었다. 화성은 지구의 식민지로 나온다. 공기제조 장치를 통제해서 사람이 숨쉬는 공기를 제한시키고 많은 사람들을 고통 받게 했다. 돔 밖으로 나가면 사람의 얼굴 모습이 일그러지기도 했다. 공기가 희박하기 때문이다.

지구 행성에 살 수 있는 것에 대해서 감사해본 적이 있는가? 공기가 있는 것에 대해서 감사해본 적이 있는가? 태양계에서 지구와 같은 대기 조건을 갖춘 행성은 없다. 지구에서는 원하는 만큼 공기를 마음껏 들이 마실 수 있다. 언젠가 지구를 넘어 화성으로 또는 다른 행성으로 이주가 가능해지는 날도 예측해 볼 수 있다. 그렇더라도 지구만큼 살기 좋은 곳은 되지 못할 것이다. 숨을 1분 동안만 참아보라. 그 다음에 숨을 내쉬어보라. 그러면 공기가 있다는 사실이 정말로 좋다는 것을 절실하게 느끼게 될 것이다. 공기만으로도 지구에서 살아가는 것에 긍정적인 마음을 가질 수 있다.

눈을 감고 심호흡을 해보라. 숨을 깊이 들이 마시는 것이다. 공기는 공짜다. 이제는 물도 돈을 주고 사서 마시는 세상이 되었지만 아직 공기는 공짜다. 언젠가 공기도 유료가 될 수 있을 것이다. 나는 예전에 홍콩에 '산소 카페'가 생겼다는 기사를 보았다. 산소를 유료로 들이 마실 수 있는 것이다.

공기 중에서 산소는 20퍼센트밖에 되지 않는다. 생명 호흡에 결정적인 산소보다 질소가 79퍼센트로 압도적으로 더 많다. 공기가 있고 산소를 마음껏 마실 수 있는 것에 감사할 필요가 있다. 그리고 더 나은 공기를 확보해야 한다. 공기가 오염되고 있기 때문이다.

생각을 실천해보면 가능성이 커진다

사람은 하루에도 수없이 생각한다. 하지만 그 중에서 실천하는 적극적인 생각은 얼마 되지 않는다. 당신은 혹시 하루 동안 무슨 생각들을 했는지 일일이 기억할 수 있는가? 아마도 그렇지 않을 것이다. 많은 생각들은 스쳐 지나고 말기 때문이다.

좋은 생각을 선택해서 실천으로 옮겨보라. 생각한 대로 살아보는 방법이다. 그러면 긍정적인 삶으로 나아갈 수 있다. 긍정적인 생각으로 삶을 채우는 것이다. "생각하는 대로 살지 않으면 사는 대로 생각한다."는 말이 있다. 적극적으로 생각하고 적극적으로 살지 않으면 살아지는 대로 그 안에 갇혀서 생각한다는 것이다. 바로 타성 때문이다. 사람은 적극적으로 생각하지 않으면 타성이 삶을 지배한다.

어제와 다른 오늘을 만들기 위해서는 또 오늘과 다른 내일을 만들기 위해서는 새로운 생각을 적극적으로 할 필요가 있다. 그리고 생각한 대로 실천해보라. 내일이 오기 전에 내일 실천할 새로운 생각을 미리 해보라. 그러면 가능성이 더 많은 삶을 살 수 있다. 그리고 '할 수 있다'는 긍정적인 생각이 '하기 어렵다'는 부정적인 생각을 압도하게 될 것이다.

평소 즐겨 먹던 음식에서 벗어나서 새로운 요리를 한번 시도 해보라. 나는 생닭과 참치 캔과 묵은 김치 등을 다채롭게 조합해서 새로운 요리를 만들었고 요리 명칭을 '닭참치김치버섯 전골'로 정했으며 맛이 많이 좋았다. 나는 이전에는 시장에 직접 가서 버섯과 감자와 당근 등의 재료들을 사서 요리를 만들어본 적이 없었다. 나는 스마트폰으로 새로운 요리 작품 사진을 찍었고 페이스북 페이지와 네이버 블로그 등의 인터넷 홈페이지들에 올렸으며 매력 포인트를 높였다.

몸의 건강을 위해서 또 다이어트를 위해서 가끔씩 달리기를 시도해보라. 처음에는 평소에 달리지 않았던 타성 때문에 달리기가 힘들고 조금만 달려도 가슴이 숨차지만 시간이 지나면서 곧 적응되고 익숙해진다. 그러면 에너지 소모도 활발해지고 체중 감량도 기대할 수 있다.

새로운 생각을 실천해보는 것은 하루하루의 삶에 플러스 포인트를 쌓는 것이다. 하루에 몇 가지나 실천할 수 있겠는가? 너무 많이 하지 않아도 좋다. 단 한 가지 새로운 실천이라도 괜찮으며 그 한 가지가 하루의 삶을 더 새롭게 만들어주고 더 의미 있게 만들어줄 것이다. 긍정의 에너지가 많아지는 쪽으로 새로운 생각을 실천해보라.

실패에서 배우면 성공의 가능성이 높아진다

사람은 누구나 아기 때 곧 잘 넘어진다. 아기는 걷다가 비틀거리고 넘어지기 일쑤다. 처음부터 곧 잘 걷는 사람은 아무도 없다. 사람은 누구나 아기 때 기어서 다니다가 엉거주춤 걷다가 또 넘어지다가 마침내 걸을 수 있게 된다.

사람은 어떤 일을 새로 시작할 때 가슴에 희망도 부풀어 오르지만 불안도 함께 있다. 혹시라도 실패할까 봐 불안한 것이다. 잘되지 못했을 때를 미리 가정하고 미리 상상하는 것이다. 그럴 때 잠간 동안은 마음이 힘들고 불안에 압도당하기도 하겠지만 저쪽 편에 희망 또한 있다는 사실을 알아야 한다.

새로운 시도를 하고 혹시라도 실패하면 그 실패를 가만히 놓아두면 안 된다. 나는 실패 속에는 빛나는 긍정의 요소가 잠재하고 있다고 생각한다. 아주 중요한 사실이다. 실패 속에서 그 빛나는 무언가를 꺼집어내고 다음 시도에서 반복하지 않도록 배운다면 다음에는 성공의 가능성이 더 높아진다. 실패에도 긍정적인 요소가 내포되어 있다는 사실을 알아야 한다.

실패라는 재료를 도마 위에 얹고서 조금씩 잘게 만들어라. 그리고 그 실패를 섭취하라. 실패에는 영양소가 많이 들어 있다. 왜 성공하지 못했는지를 알려줄 수 있다. 실패에 대해 많이 생각해보고 실패에 대해서 자주 돌이켜보라. "실패는 성공의 어머니다."라고 했다. 한번 실패한 다음에는 같은 실패를 반복하지 않도록 하면 된다. 한번 실패는 누구나 할 수 있는 일이지만 같은 실패를 반복하는 것은 어리석은 것이기 때문이다.

'타산지석(他山之石)'이라는 말을 들어본 적이 있는가? 다른 사람의 실패를 보았을 때 적용할 수 있는 좋은 말이다. 다른 사람의 잘못을 보고 그렇게 하지 않는다는 의미다. 때로는 주변 사람들의 실패를 거울로 삼아야 한다. 그러면 실패의 가능성을 줄일 수 있다. 타인의 성공뿐만 아니라 타인의 실패에서도 배워야 한다.

제약회사에서 몸을 치료하는 새로운 약을 개발할 때 어느 정도의 실패를 거듭하는지 아는가? 수천 번 수만 번이다. 엄청난 횟수다. 제약회사의 연구원들이 왜 실패를 그렇게 많이 하는데도 실패를 멈추지 않고 계속 전진할까? 바로 한번의 성공이 가져다주는 엄청난 혜택 때문이다. 새로운 좋은 약이 개발되면 수많은 사람들이 고통에서 해방된다.

발명가들은 실패를 껴안고 산다. 발명가들은 실패하고 또 실패한다. 그리고 마침내 성공하면 모든 실패는 기쁨으로 변한다. 미국의 발명가 토머스 에디슨은 백열전구를 개발할 때 1200번이나 실패를 거듭했다. 그는 마침내 필라멘트 백열전구 발명에 성공했고 양초를 대체했으며 인류에게 빛을 선물했다. 어마어마한 가치가 있는 발명품이었다. 사람들은 토머스 에디슨을 기억해야 하고 감사해야 한다. 수많은 실패를 딛고 이루어낸 성공은 많은 사람들을 이롭게 한다. 당신이 실패를 경험했다면 성공했을 때의 모습을 떠올려보라. 한 걸음 더 나아가라. 그리고 성공할 수 있다는 가능성을 가지고 실패 속에서도 긍정하라.

실패를 역이용하면 우승할 수 있다

미국 데이토나에서의 자동차 레이스를 다룬 탐 크루즈 주연의 영화 〈폭풍의 질주〉에서는 가슴 뭉클한 엔딩 장면이 나온다. 주인공 콜 트리클은 마지막 레이스에서 힘껏 질주하면서 과감한 승부수를 던졌고 경쟁자 러스 휠러를 제치고 우승했다.

콜이 레이스 트랙의 벽 가까이로 방향을 틀면서 선두로 달리고 있던 러스를 추월하려고 하자 러스는 일부러 차를 충돌시키며 콜을 벽 쪽으로 몰아붙였다. 콜은 추월 시도가 실패하자 이번에는 일부러 벽 쪽 추월을 몇 번 더 시도했다. 콜은 잘되지 않을 줄 알면서 오히려 러스가 벽 쪽으로 밀어붙이도록 유인했다. 러스는 그런 콜을 가볍게 여기며 자만했다.

마침내 콜은 마지막 레이스에서 레이스 트랙의 벽 쪽으로 추월하는 척하며 경쟁자 러스의 방심을 유도했다. 러스는 당연하다는 듯이 벽 쪽으로 움직였다. 그러나 콜은 결정적인 순간에 역으로 안쪽으로 파고들었다. 콜은 러스를 추월했고 1위로 질주하며 결승선을 통과했다. 콜은 실패를 역이용해서 우승의 기회를 만들어냈다.

실패를 경험했을 때는 실패에 당하고만 있으면 안 된다. 실패에 대해서 다양한 관점에서 생각해보며 실패를 역이용할 수 있어야 한다. 그렇게 할 수 있으면 자연히 다음에 성공의 가능성이 높아지고 인생에서 우승할 수도 있다.

위기는 좋은 기회가 될 수도 있다

사람은 어려운 때를 만나면 누구나 움츠린다. 불확실하기 때문이다. 2008년의 세계 경제 위기는 많은 기업들을 시험했다. 위기로만 보았던 기업들은 도태되었고 많은 기업들이 움츠러들었을 때 위기를 오히려 좋은 기회로 보았던 기업들은 발전했다. 그런 기업들은 위기의 때에 오히려 과감하게 투자를 했다. 그러면 기업들은 상대적으로 더 좋은 제품을 더 빨리 만들어낼 수 있다. 기업들이 위기에 때에 어떻게 대처하는지 보면 그 기업의 잠재력을 알아볼 수 있다.

'터닝 포인트'라는 말을 들어보았을 것이다. 결정적인 전환의 시점을 말한다. 사람은 위기를 맞게 되면 가고 있는 길이 안전한지 또 다른 위험은 없는지 마음에서 조바심을 내고 안심할 수 없다. 그럴 때는 오히려 이전과는 다른 방향으로 나아갈 수 있는 좋은 기회가 될 수도 있다. 위기는 쓴 약과 같다. 사람은 쓴 약을 삼키기가 어렵지만 쓴 약을 먹고 나면 몸은 오히려 더 건강해진다. 위기는 두려움을 주지만 위기의 때를 오히려 좋은 기회로 보고 전진하는 사람은 위기를 오히려 미래의 가능성으로 만들어낸다. 위기 자체를 긍정적으로 볼 수 있는 면도 있다.

학생들은 공부를 많이 하는데 오히려 성적이 떨어지는 경우도 있다. 위기의 순간이다. 학생들이 공부를 많이 하고 많이 노력하는 데도 성적이 나아지지 않는다는 것은 문제가 있다는 것을 알려준다. 그럴 때는 공부의 방향을 바꾸어볼 필요가 있다. 공부에 대한 관점을 바꾸어야 한다. 공부를 가볍게 하지는 않았는지 한번 점검해보아야 한다. 그리고 학생들은 집중력을 조금씩 높여야 한다. 그러면 오히려 공부 시간을 줄이더라도 공부 효율성은 더 올라갈 수 있으며 성적은 조금씩 더 나아진다. 또한 학생들은 공부 환경을 더 좋게 바꾸어야 한다. 공부를 방해하는 주변의 물건들을 치울 필요가 있다. 그러면 학생들은 공부에 더 몰입할 수 있고 공부 효율이 더 높아진다. 나아가 학생들은 목표 의식이 있어야 한다. 목표가 있으면 추진력이 생기기 때문이다. 무엇보다 학생들이 공부를 잘하려면 많이 적극적으로 공부해야 한다. 학생들이 자기주도적으로 공부하고 폭발적으로 공부하면 시간이 지나 일정 시점의 임계점을 넘어서 성적을 많이 높일 수도 있다.

학생들은 공부를 많이 하더라도 대부분의 경우 공부 실력은 단 기간에 나아지지 않는다. 학생들이 성적이 떨어지는 위기를 맞았다면 앞으로의 1년 동안 무작정 공부하려고 하지 말고 앞으로의 1개월 동안 공부 자체에 대해서 점검해보라. 도시가스 검침원이 도시 가스가 새지 않는지 매월 점검하는 것처럼 말이다. 학생들은 공부가 어디서 효율성이 새고 있는지 알아내야 한다. 그러면 학생들은 공부 방향을 바꿀 수 있고 공부 방법도 바꿀 수 있다. 학생들이 공부를 많이 잘하려면 자기에게 적합한 공부법을 찾아야 한다. 그리고 학생들은 무엇보다 공부 자체가 즐거워야 한다. 하기 싫은 공부를 억지로 하는 것은 오래 가지 못한다. 학생들이 공부하는 자체에서 조금씩 즐거움을 느낄 수 있다면 누가 말리더라도 공부를 아주 열심히 하게 될 것이다.

학생들은 결정적으로 공부를 더 잘할 수 있는 방법에 대해서 생각하고 고민하고 연구해야 한다. 학생들이 하루에 단 10분씩이라도 공부하는 방법에 대해서 생각하기 시작한다면 더 나은 공부 방법을 찾아낼 수 있고 그러한 방법을 공부에 적용했을 때 공부 실력을 획기적으로 높일 수도 있다. 학생들은 학교에서 수동적으로 공부하지 말고 공부를 더 잘할 수 있는 방법에 대해서 능동적으로 생각해보고 또 생각해보라.

고통을 직시하면 한 단계 더 성장할 수 있다

존 하첼은 "단순한 진흙이라도 도공의 손에 들어가면 아름답고 유용한 것이 될 수 있다. 생각을 바꾸면 인생이 달라지는 것이다."라고 말했다. 당신은 고통이 찾아올 때 어떻게 하는가? 고통 때문에 힘들어 하는가? 아니면 고통에 지혜롭게 잘 대처하는가? 이제 고통에 대한 생각을 바꾸어보라.

고통은 몸이 보내는 일종의 조난 신호다. 산에 놀러갔을 때 조난 되었다면 섬광탄을 터뜨려서 위치한 곳을 알려야 한다. 그 섬광탄에서 피어나는 연기를 보고 다른 사람들이 조난 위치를 알 수 있고 더 빨리 찾아올 수 있다. 고통 또한 그런 섬광탄의 역할을 한다. 고통은 무조건 나쁜 것만은 아니다.

사람은 몸이 아플 때 누구나 쉬어야 한다. 사람은 고통을 느낄 때 고통을 직시하고 고통을 있는 그대로 바라볼 필요가 있다. 사람은 고통을 직시하면 한 단계 더 성장할 수 있다. 고통 자체에 지지 않게 되는 것이다. 그런 면에서 고통은 성장의 재료라고 할 수 있다. 고통은 누구에게나 힘든 것이지만 잘 직시하고 잘 받아들이면 고통은 점차 가벼워진다.

고통을 느꼈다가 시간이 지나서 고통이 가라앉을 때 오히려 시원해지는 것을 느껴본 적이 있는가? 고통이 가벼워지는 것이다. 고통은 좋은 것이 아니지만 잘 대처하면 다음의 무리한 행동을 미리 막을 수 있게 해준다. 사람이 다쳤는데도 고통이 없다면 계속 무리를 할 것이고 상처는 더 심해진다. 그런 면에서 고통은 긍정적인 면도 있다. 이제 고통에 대해서 긍정적으로 대처해보라. 사람은 고통으로 인해 한 단계 더 성장할 수 있다.

"No Pain, No Gain."
수고 없는 소득은 없다는 의미다. 공짜는 없다는 것을 말한다. 또한 원하는 것을 얻으려면 힘들고 고통스럽게 수고해야 한다는 것이다. 사람은 수고하는 고통만 생각한다면 좋지 않을 것이다. 사람이 이후에 얻게 될 소득을 먼저 생각하면 수고하는 고통쯤은 긍정적으로 와 닿을 수 있다. 이제 고통이 찾아오더라도 고통의 이면에 숨어 있는 긍정적인 면도 바라보아야 한다.

좋아하는 일과 하고 싶은 일을 선택하라

'에베레스트 8848미터'

세계에서 가장 높은 산 에베레스트의 높이다. 산악인들은 가장 높은 산봉우리를 정복하겠다는 희망을 안고 등정에 오른다. 실패하고 또 실패해도 멈추지 않는다. 8000미터가 넘는 초고산 지대에는 공기가 희박하다. 숨을 쉬기조차 어렵다. 산악인들은 목숨을 걸고 등정에 나서는 것이다. 에베레스트가 뭐가 그렇게 좋을까? 산악인들에게 "왜 에베레스트 등정을 시도합니까?"라고 물으면 뭐라고 대답할까? 아마도 "좋아서요. 등정하는 게 좋아요."라고 대답할 것이다.

당신은 좋아하는 일이 무엇인가? 또 당신이 하고 싶은 일은 무엇인가? 사람은 바로 그것을 해야 한다. 그러면 시간이 가는 줄 모르게 몰두할 수 있고 미래에 대한 가능성은 커진다. 좋아하는 일과 하고 싶어 하는 일을 하지 않으면 삶은 제자리를 맴돌게 된다. 방향성이 없어서다. 하지만 좋아하는 일과 하고 싶어 하는 일을 하면 삶은 추진력이 생기고 미래를 향해서 전진할 수 있다.

사람은 좋아하는 일을 자유롭게 할 수 있다는 것만으로도 가슴에서 희망을 느낄 수 있다. 세상에 좋아하는 일을 하며 사는 사람들은 별로 없다는 암울한 현실을 알고 보면 더욱 그렇다. 많은 사람들은 좋아하지 않는 일을 더 정확하게는 싫어하는 일을 하면서 산다. 당신은 직업을 고를 때 좋아하는 일을 하고 싶은 일을 선택할 수 있도록 노력하라. 단순히 돈을 벌기 위해 매일 회사원 생활을 하는 것은 그리 좋지 않고 오래지 않아서 매너리즘에 빠진다. 다람쥐가 쳇바퀴 돌듯이 늘 반복되는 일상이 지루하고 벗어나고 싶어질 것이다. 나는 국방과학연구소에서 연구원 전문계약직 전문연구요원으로 일할 때 일을 미리 미리 처리했고 주변 사람들로부터 일을 잘한다는 말을 다수 들었지만 반복되는 하루하루가 그리 즐겁지 않았고 힘들었다. 좋아하는 일이 아니었기 때문이다. 하고 싶은 일이 아니었기 때문이다.

종이를 꺼내서 연필로 가슴에서 좋아하는 일이 무엇인지 하고 싶은 일이 무엇인지 생각나는 대로 써내려 가보라. 그리고 그것들 중에서 마음에서 우선순위를 매겨보라. 그런 다음 가장 높은 우선순위로 나온 것에 주목하라. 사람은 노력하면 가능성이 생기고 압도적으로 많이 노력하면 해낼 수 있다. 사람은 좋아하는 일을 하고 싶은 일을 하면 힘들 때에도 마음에서 에너지가 생겨나고 더 전진할 수 있다. 오히려 지쳤을 때도 앞을 향해서 나아갈 수 있다.

사람은 좋아하지 않는 일과 하고 싶지 않은 일을 하면 희망을 느끼지 못한다. 오히려 절망을 느낀다. 마음이 점차 어두워지고 인생도 어두워진다. "왜 매일 하고 싶지 않은 일을 하면서 살까?"라는 회의감에 빠진다. 그러면 일하러 출근하는 아침부터 발걸음이 무척 무겁다. 당신은 어느 쪽을 선택하고 싶은가? 당신은 좋아하는 일과 하고 싶은 일을 선택하라.

사람은 힘든 일이라도 좋아하는 일이면 하고 싶은 일이면 오히려 흥이 난다. 다른 사람들에게는 싫은 일이 될 수도 있지만 어떤 사람에게는 그 일이 희망이 되고 즐거움이 된다. 당신의 희망은 어디에 있는가?

나는 국방과학연구소에서 연구원 전문계약직 전문연구요원으로 일할 때 마음에서 원하는 대로 연구 작가가 되기로 선택했다. 나는 가슴에서 많이 좋은 책을 쓰는 작가가 되고 싶고 베스트셀러 작가가 되고 싶은 희망이 있다. 나는 30대 초반에 좋아하는 일과 하고 싶은 일을 결정했고 때로 마음이 힘들 때도 있지만 내일에 대한 희망을 가지고 있다.

햇빛은 따스하게 비치고 있다

　나무들이 즐비한 숲 속을 걷다보면 짙게 드리운 그늘 때문에 마음이 움츠러든다. 하지만 숲 속을 지나서 햇빛을 보면 마음이 환하게 밝아진다. 햇빛은 따스하게 비치고 있다.

　햇빛이 얼마나 소중한 선물인지는 바로 햇빛이 없는 상황을 생각해보면 된다. 바로 어두컴컴한 밤이다. 그보다도 더 어두컴컴한 곳이 있다. 바로 감옥이다. 감옥 중에서도 햇빛이 전혀 들지 않는 감옥을 떠올려보라. 그 곳에 비한다면 햇빛이 따스하게 비치는 길을 걷는 것은 곧 자유이고 희망이다.

　이제 눈을 한번 감고 길을 걸어보라. 아마도 열 발걸음을 채 가지 못하고 몸이 비틀거릴 것이다. 그리고 다시 한번 눈을 감고 걸어보라. 그 다음 비로소 눈을 떠보면 앞을 볼 수 있고 햇빛을 볼 수 있으며 세상을 볼 수 있다는 것만으로도 가슴에서 환한 희망의 느낌을 가질 수 있다.

포기하지 마라

제2차 세계대전의 전운이 유럽 전역을 휘감았을 때 아돌프 히틀러의 나치 독일에 맞서서 끝까지 저항한 나라가 있었다. 바로 영국이었다. 프랑스를 포함해서 유럽의 많은 국가들이 독일에 넘어갔었다. 그 영국에 바로 윈스턴 처칠 수상이 있었다. 윈스턴 처칠은 키가 작고 볼 품 없는 외모였지만 영국에 용기를 불어넣었고 마침내 미국의 참전을 이끌어냈으며 제2차 세계대전에서 연합국의 승리를 가져올 수 있었다.

윈스턴 처칠 수상이 영국의 한 대학교 졸업식에서 연단에 올랐고 짧은 졸업 연설을 남겼으며 요약하면 다음과 같다.
"포기하지 마라. 절대로 포기하지 마라."

포기하지 않으면 가능성이 있고 포기하지 않으면 희망이 있다. 오늘은 잘하지 못했어도 내일 무언가 해낼 수 있다는 그런 느낌의 말이다. 하지만 포기하고 나면 가능성과 희망은 아주 멀리 달아나버리고 만다. 윈스턴 처칠 수상과 영국군이 포기했다면 나치 독일이 세계를 전운으로 휘감았을 가능성이 높다. 당시에 미국은 오늘날처럼 패권국도 아니었고 군사적으로 그렇게 강하지도 않았다.

오늘날은 불확실성의 시대다. 2008년의 세계 경제 위기는 많은 국가들을 불황의 늪으로 몰아넣었고 그리스는 경제 위기에서 헤어나오지 못했다. 세계 경제의 성장을 이끌던 브라질, 러시아, 인도, 그리고 중국의 브릭스(BRICs) 국가들도 경제 성장률이 떨어졌고 침체되고 있었다. 한국의 경제는 여파가 컸다. 한국은 경제 성장률이 하향되었고 저성장 장기 불황 시대로 진입했다. 또한 실직자들이 많았고 취업할 수 있는 일자리는 잘 늘지 않고 있었다. 많은 사람들이 소비를 줄였고 움츠러들었다.

당신은 오늘날과 같은 장기 불황의 시대에 무엇을 시도하고 있는가? 아니면 시도하다가 이미 포기했는가? 포기하지 말라. 가능하다면 절대로 포기하지 말라. 포기하지 않으면 가능성이 있고 희망이 있다. 불황의 때에는 더 많이 노력해야 하고 더 좋은 전략을 써야 하며 그 다음에는 마음에 희망을 품고 잘 견뎌 내야 한다.

2010년 8월 어둡고 컴컴한 지하 622m의 칠레 산호세 지하 광산에서 33명의 광부들이 갇혔다. 매몰된 광부들은 극심한 공포와 절망을 경험했고 지상으로부터 구출의 손길이 닿기를 절실히 원했다. 칠레 정부는 7차례에 걸친 탐지 작업이 수포로 돌아가자 생존자 발견 가능성이 희박하다는 비관적인 발표를 한 바 있었다. 사고 후 구조팀과 연락이 닿기까지 17일이 걸렸고 외신들은 그들이 이미 죽었을 것으로 판단했다. 하지만 그들의 국가와 가족들은 희망을 놓지 않았고 결국 그들 모두를 찾는 데 성공했다.

그들은 놀랍게도 지하 갱도에 갇혀 있으면서도 두 스푼의 음식과 한 모금의 물을 나누어 먹으며 버텼고 마음에서 희망을 놓지 않았다. 특히 매몰 광부들 중 작업반장이 리더십을 발휘했다. 작업반장은 산소를 아끼기 위해 장비 사용을 금했고 동료들 각 사람들에게 생존 임무를 부여해서 부지런히 움직이게 했다. 동료들 사이에서 비관적인 이야기들이 흘러나올 때면 유머로 끊으며 동료의 절망을 허락하지 않았다. 매몰 광부 중 한 명은 "생존 사실이 지상에 알려지기 전까지 17일 동안은 굶어 죽기를 기다리던 최악의 상황이었다. 절망한 나머지 침상으로 기어 들어가 나오지 않는 사람들도 있었다."고 말했다. 다행히 그들은 69일 만에 기적적으로 구출되었다. 그들은 최악의 상황에서도 희망을 버리지 않고 버텼다. 광부들에 대한 구조가 임박한 가운데 매몰

자들은 저마다 다른 사람이 먼저 나가기를 외쳤고 구조 순서를 상의하자 서로 자기가 마지막까지 남겠다고 자원했다. 이들의 구출 이야기는 지구촌 곳곳에 감동의 물결을 전해주었다.

칠레 광부들의 구출 소식은 지구촌 사람들을 기쁘게 했고 희망을 전해주었다. 광부들은 어려움 속에서 포기하지 않았고 생존을 향해서 움직였으며 끝내 살아남았다. 당신은 어떤 어려움에 처해 있는가? 어려움이 왔을 때 무턱대고 낙담하지 말라. 그리고 어려움에 능동적으로 대처하라. 어려움을 잘 대처하면 새로운 길이 열릴 수 있다.

경제적인 어려움이 심하다면 소비부터 줄여야 한다. 어디 어디에 씀씀이가 새고 있는지 잘 살피고 중요도가 낮은 것부터 소비를 줄이면 된다. 그리고 중장기적인 예산 계획을 잘 짜야 한다. 단기적으로만 대응하면 장기적으로 버티기 어렵게 될 수도 있기 때문이다. 어려움이 있으면 적합한 대책을 잘 수립하는 것이 많이 중요하다. 칠레 광부들에게 지하 갱도에서 절대적인 자원은 산소와 음식이었다. 그들은 적극적으로 소비를 줄였고 희망을 잃지 않았다.

대입 수능 시험에서 실패했다고 낙담하는 학생들이 있다. 재수를 선택하면 두려움은 더 커질 수도 있다. 이미 한번 실패해보았기 때문이다. 나는 재수를 해보지 않았고 주변에서 다수의 재수생들을 보았다. 재수한다고 해서 마음에서 움츠려들 필요는 없다. 지난번에 대학 입학에 왜 실패했는지 잘 살펴보고 잘 분석하면 다음 기회에는 성공할 가능성을 더 높일 수 있다. 좋은 성적을 받고도 대학 입학에 떨어질 수 있다. 그리고 좋은 대학교에 가고도 만족하지 못할 수도 있다. 학과가 마음에 들지 않기 때문이다. 다른 사람들의 인정보다는 자신의 만족감이 더 중요하다는 관점에서는 학과가 학교보다 더 중요할 수도 있다. 재수는 반복이고 또한 인내다. 대입 수능 시험을 전부라고 여기지 말고 중요한 관문이라고 생각하면 마음에서 조금 더 편해질 수 있다. 그리고 한번 더 도전하는 만큼 더 잘할 수 있다는 희망을 가져야 한다.

가슴에서 좋아하는 일과 가슴에서 하고 싶은 일을 시도하라. 도전해서 실패하면 자산이 되지만 포기하면 아무 자산도 없다. 포기하면 아무 것도 남지 않는다는 말이다. 도전해서 성공했을 경우를 100점이라고 한다면 포기하고 도전조차 하지 않은 경우는 0점이다. 그리고 도전해서 실패한 경우는 적어도 20점에서 30점 정도까지는 받을 수 있다. 실패의 경험이 인생의 자산이 되기 때문이다. 실패도 자산이 될 수 있다. 도전하기를 두려워하지 말라. 도전하다보면 성공할 수 있는 방법들을 체득해나갈 수 있다. 한번에 다 잘 되는 사람은 별로 없다. 도전하고 실패하는 경험을 쌓다보면 성공과도 더 가까워진다. 좋아하는 일에 하고 싶은 일에 도전하고 희망을 가져야 한다.

두려워해야 할 것은 두려움 자체다

1929년 10월 미국의 뉴욕 월스트리트를 시작으로 대공황이 발생했다. 기업 도산이 속출했고 수많은 실직자들이 생겨났으며 미국의 경제는 얼어붙었다. 미국의 공업 생산은 20년 전 수준으로 후퇴했고 대공황은 미국을 넘어 독일, 영국, 프랑스 등 유럽 각국으로 파급되며 세계 대공황으로 이어졌다.

"두려워해야 할 것은 두려움 자체입니다."

대공황이 일어나고 들어선 프랭클린 루즈벨트 대통령의 취임사에서 울려 퍼진 말이었다. 프랭클린 루즈벨트는 대공황의 여파 속에서 저녁마다 따뜻한 라디오 방송 담화를 내보내며 얼어붙은 국민들의 마음을 녹였다. 그리고 여러 국가적인 정책들로 어려운 난국을 풀어냈다.

사람은 모험을 시도할 때 마음에 두려움이 찾아든다. 당신은 두려움이 느껴질 때 어떻게 하는가? 가만히 있는가? 아니면 적극적으로 대응하는가? 때때로 찾아오는 두려움은 이유가 없을 때가 많다. 또한 두려움은 이성적이지 않고 감정적일 때가 많다. 특히 두려움은 마음이 약할 때 찾아든다. 프랭클린 루즈벨트의 말대로 두려워해야 할 것은 바로 두려움 자체다. 사람은 마음에서 두려움만 걷어낼 수 있으면 희망을 품고 다시 모험을 시도할 수 있다.

취업에서 잘되지 않고 떨어지면 마음에 두려움이 찾아든다. 어쩌면 취업을 하지 못할 것이라는 짐작 때문이다. 사람은 취업에 몇 번 도전했다가 떨어지고 나면 자신감은 많이 줄어들고 곧바로 두려움이 몰려온다. 나는 주변에서 이력서를 100군데 정도 내고도 다 떨어지고 취업하지 못한 경우도 들었다. 그럴 때는 어떻게 해야 할까? 마음에 찾아드는 두려움을 능동적으로 조금씩 헤집고 가능성의 희망을 보면서 자신이 많이 노력해서 갖추어 놓은 스펙에 적합한 회사에 도전해보는 것이 좋다. 또한 꼭 취업이 아니라도 좋다. 많이 잘할 수 있는 일을 찾아서 시도해보면 미래의 길이 보일 수도 있다. 바로 창업을 하는 것이다. 실제적이고 현실적이며 좋은 아이디어가 있다면 가능성을 품고 시도해볼 수 있다. 불경기가 지속되고 있는 시대에는 취업한다고 해도 안정성이 떨어진다. 오래 가기 어렵기 때문이다. 마음에서 잠간의 실패에 주눅 들지 말고 다시 일어나서 기회와 가능성을 찾아나서야 한다. 미래의 기회와 미래의 희망은 많이 노력하는 사람에게 찾아온다.

기회와 희망은 거저 주어지는 것이 아니다. 기회와 희망은 노력의 산물이다. 가슴에서 두려움을 걷어내고 나면 희망이 느껴진다. 많이 노력하라. 마음에서 두려움에 지지 마라. 두려움이 마음을 압도할 때에도 희망은 어디엔가 빛나고 있다. 마음에서 두려움을 넘고 희망을 만들어내야 한다.

3장 할 수 있다고 생각하면 할 수 있다

할 수 있다고 생각하면 할 수 있다

2002년 한일 월드컵 때 한국 사람들은 대부분 할 수 없다고 생각했다. 사람들은 크게 기대하지 않았다. 목표는 16강 진출이었다. 또한 1승이라도 거두는 것이었다. 한국 대표팀은 이전의 5회 월드컵 본선에서 1승도 올리지 못했다. 당시 6회째 월드컵 본선 진출이었지만 그때까지만 해도 16강에 가본 적이 없을 정도로 월드컵 본선에서는 열세였다. 하지만 한국 대표팀은 32강 조별 리그에서 폴란드를 2대 0으로 이긴 것을 시작으로 강팀 포르투갈을 1대 0으로 누르며 16강을 결정지었다. 한국 대표팀 선수들은 할 수 있다는 분위기를 만들어냈다. 당시 한국의 국민들은 너도 나도 길거리 응원을 펼치며 한국 대표팀을 응원했다. 세계에서 주목을 받은 모습이었다. 네덜란드 출신의 거스 히딩크 감독은 한국 대표팀 선수들을 훈련시켰고 강한 조직력과 체력을 갖추도록 했다. 그리고 마침내 기적이 일어났다. 한국 대표팀은 월드컵 4강까지 진출했다. 한국 대표팀은 16강에서 강팀 이탈리아를 만나서 연장전에서 골든골을 넣으며 승리했고 8강에서는 역시 강팀 스페인을 만나서 무승부 끝에 승부차기에서 승리했다.

이때 이후로 한국은 월드컵에서의 위상이 달라졌다. 국민들도 할 수 있다고 여겼다. 승리의 함성으로 채워진 2002년 여름의 6월이었다. 나는 당시에 대구 시내에 나가서 길거리 응원을 했었다.

할 수 있다고 생각하는 것과 할 수 없다고 생각하는 것에는 차이가 많다. 거스 히딩크 감독은 자신감이 있었고 그런 감독을 만난 한국 대표팀 선수들은 할 수 있다는 자신감을 얻었다. 그리고 거스 히딩크 감독은 승리 후에도 "나는 여전히 배가 고프다." 고 말했고 하고자 하는 의지를 강하게 드러냈었다.

당신은 앞에 놓인 어려운 도전 과제를 놓고 할 수 있다고 생각하는가? 할 수 있다고 생각하라. 할 수 있다고 생각하면 할 수 있다. 할 수 있다고 생각하면 없던 힘도 생겨난다. 단순한 생각의 차이인 데도 할 수 없다고 생각하면 있던 힘도 사라지고 만다. 그리고 도전한 과제가 실제로 현실로 이루어지는 특별한 경험을 하게 되면 그때부터는 할 수 있다고 생각하는 것이 얼마나 중요한지 깨달을 수 있다.

나는 그러한 도전 경험을 실제로 해보았고 직접 겪어보았다. 대학원에서 공부할 때였다. 나는 많이 힘들었지만 할 수 있다고 생각했다. 대학원에 진학하면 학위를 받기 위해서 학위 논문을 써야 한다. 그런데 대학원 연구실의 한 선배는 교수님의 전공을 따라서 공부하다가 결국 학위 논문을 쓰지 못했고 졸업을 연기했다. 나는 그때 미리 생각했었고 논문 공모전에 참가하면서 발견했었던 새로운 통신 주제로 독자적으로 대학원 학위 논문을 쓰며 모험을 하려고 교수님을 가볍게 설득했다.

나는 결국에는 대학원 연구실과 다른 주제를 잡아서 대학원 학위 논문을 준비했고 가능성을 높이기 위해서 학위 논문 주제와 관련된 국내 논문들과 외국 논문들을 빠르게 모았고 대구경북과학기술연구원(DGIST)에 방문해서 조언도 들었으며 Matlab 프로그래밍 시뮬레이션과 관련해 중국 북경대의 사람에게 이메일로 문의해서 조언을 구하기도 했다. 나는 모험을 잘하고 싶었고 학위 논문 전부를 영어로 작성했으며 외국 사람들도 학위 논문을 볼 수 있도록 하고 싶었다. 대학원 학위 논문의 제목은 「A Novel Cubic-Phase Linear Chirp for DS-UWB Ranging」이다. 나는 대학원 학위 논문에서 새로운 혁신적인 신호 디자인을 제시했고 학위 논문의 분량을 일반적인 공학 석사 학위 논문의 경우보다 두 배 이상으로 작성했으며 석사 학위 논문 수준을 넘어서 준박사 학위 논문급으로 만들고 싶었고 학위 논문을 국제학술대회에서 발표했다. 나는 할 수 있다고 마음먹었고 자주 기도하면서 불안감을 견뎌내며 노력했는데 그대로 되었다. 나는 할 수 있다는 생각에서 머무는 것이 아니라 실제로 해내기 위해서 대개의 경우보다 6개월 정도 미리 시작했고 학위 논문은 3개월 정도 미리 쓰기 시작했다. 나는 대학원 학위 논문이 좋은 발판이 되어서 국방과학연구소에 연구원 전문계약직 전문연구요원으로 취직할 수 있었고 전문연구요원으로 편입될 수 있었다. 나는 가슴에서 원했던 전문연구요원 목표를 이루었다.

당신도 새로운 도전을 할 때 할 수 있다고 생각하라. 새로운 일을 도전할 때 할 수 없다고 생각하면 의지를 잃게 된다. 랄프 왈도 에머슨은 "인간이 인간다워질 수 있는 힘은 그 재능이나 이해력에 있는 것이 아니라, 의지력이다. 제 아무리 재능과 이해력이 뛰어나고 풍부해도 실천력이 없다면 아무런 효과도 거둘 수 없기 때문이다. 인간의 의지력이 그 운명을 결정한다."라고 말했다. 할 수 없다는 마음이 들 때 물러서지 말고 그러한 마음을 직시하며 잘 관찰하라. 그리고 가능성이 어디에 있는지 한 가지씩 확인해야 한다. 사람은 모든 것을 할 수는 없지만 무언가는 할 수 있다. 할 수 있는 것을 찾아내야 하고 할 수 있는 것부터 시작해야 한다.

많은 사람들이 마음을 모으면 희망이 많아진다

한국의 1997년 12월은 혹한의 겨울이었다. 바로 IMF 외환위기 때문이다. 11월 당시 외환 보유고는 70억 달러 밑으로 추락했고 가용 외환 보유고는 20억 달러 정도였다. 대통령 선거 이후 새로운 정부가 들어섰지만 상환해야 될 부채의 규모는 나아질 기미가 보이지 않았다. 한국의 국민들은 거대한 절망을 목격했다. IMF는 한국 산업의 구조 조정에 대해서 냉정했다. 한국의 많은 기업들이 도산했고 수많은 실직자들이 생겨났으며 대다수의 가정은 어려움에 처했다.

하지만 이때 한국의 국민들은 세계에 희망을 보여주었다. 국민들이 각자 소장하고 있던 금패물들을 가지고 나왔던 것이다. 이른바 '금 모으기 운동'이었다. 범국민적인 일이었고 세계에 신선한 느낌과 희망을 불어넣었다. 금은 시세가 화폐에 비해서 더 안정적이다. 국민들이 금붙이를 가지고 나와서 줄을 서서 기다리는 모습은 세계에 '저 나라의 국민은 뭔가 다르구나'라는 좋은 인상을 심어주었다. 국민들은 마음을 모았고 IMF 외환위기를 극복할 수 있다는 희망을 보여주었다. 많은 사람들이 마음을 모으면 희망이 많아진다. 그리고 한국은 IMF 구제 금융을 받은 나라들 중에서 가장 빨리 부채를 갚았다. 2000년 12월이었고 구제 금융을 받은 지 3년 만의 일이었다.

자기주도적으로 폭발적으로 공부하라

로마 제국의 황제 마르쿠스 아우렐리우스는 "그대를 괴롭히고 슬프게 하는 일들을 하나의 시련이라고 생각하라. 쇠는 불에 달구어야 강해진다. 그대도 지금 당하고 있는 시련을 통해서 더욱 마음이 굳세어질 것이다."라고 말했다. 사람은 일생에서 20년 정도 동안 공부한다. 사람의 평균 수명을 80년으로 잡았을 때 25%나 되는 기간 동안이다. 학생들은 공부를 많이 하는 것이 힘든가? 공부는 누구나 해야 한다. 그리고 취직을 하고 나서도 공부해야 한다는 것을 생각하면 공부는 평생 동안이다.

학생들이 학교에 가서 또 학원에 가서 공부를 많이 하는 것은 많이 힘든 일이다. 하지만 가슴에 희망을 품고 하는 공부는 다르다. 누가 시켜서 억지로 하는 공부에서 자기주도적으로 폭발적으로 하는 공부로 차원이 달라진다. 학생들은 가능하다면 1등을 목표로 해보라. 공부 1등 자체가 그리 중요한 것은 아니지만 단 한번이라도 1등을 해보면 가슴에서 할 수 있다는 자신감과 가능성과 희망을 느낄 수 있다. 공부를 반에서 1등 하는 것은 많이 기분 좋은 일이고 많이 인정받을 만한 일이다.

2007년 한 볼 품 없는 외모의 사람이 영국의 TV 오디션 프로그램에 나왔다. 외모 때문인지 심사위원들과 관객들의 표정은 시큰둥했다. 하지만 반전이 일어났다. 그 사람은 아름다운 목소리로 관객들을 전율시켰고 모두가 찬사를 보냈으며 관객들은 자리에서 일어나 박수를 쳤다. 바로 폴 포츠의 이야기다. 그는 사람들로부터 따돌림을 당하고 비웃음을 사기도 했지만 힘겹게 성악 공부를 계속했고 평범한 휴대 전화 외판원에서 오페라 가수의 꿈을 이루었다.

남을 이기기 위해 1등이 되려고 하지 말라. 자신만의 가치 있는 레이스를 펼쳐라. 지금 공부를 좀 잘하지 못해도 괜찮다. 아직 시간이 있고 가능성이 있다. 마음에서 공부를 원하게 되면 아주 열심히 노력할 수 있고 그러면 시간이 어느 정도 지나 임계점을 넘어서 성적은 상승할 수 있다. 자기주도적으로 폭발적으로 공부하라. 공부를 잘하려면 기초부터 아주 탄탄하게 해야 한다. 기초를 쌓는 데는 시간이 많이 걸리지만 기초가 탄탄해지면 응용은 쉬워진다. 학생들은 많이 노력하고 많이 공부해서 꼭 한번은 1등을 해볼 필요가 있다. 그러면 마음먹고 노력하면 어려운 일도 해낼 수 있다는 가능성을 느낄 수 있다. 학생들이 공부를 많이 잘해야 하는 이유는 분명하다. 미래에 꼭 좋아하는 일을 하고 싶은 일을 하기 위해서다. 공부를 잘하지 못해서 아는 것이 적고 무력한 경우를 생각해보면 공부를 많이 잘하게 되면 미래의 가능성이 훨씬 많아진다.

아이작 뉴턴은 사과에서 힌트를 얻었다

어느 날 한 사람이 사과나무 아래에서 쉬고 있었다. 그런데 갑자기 사과 한 개가 땅 위로 떨어졌다. 그는 사과 때문에 놀랐다. 하지만 그는 떨어진 사과를 보고 '사과가 왜 떨어졌을까?'라고 생각했다. 그는 바로 영국의 물리학자 아이작 뉴턴이다. 아이작 뉴턴은 사과를 보고 만유인력의 법칙을 발견했다.

아이작 뉴턴은 사과에 대해서 생각하며 생각을 바꾸었다. 그는 사과가 땅에 떨어졌지만 사과가 떨어진 것이 아니라 땅이 사과를 잡아당겼다고 보았다. 바로 지구가 사과를 잡아당긴 것이다. 아이작 뉴턴은 사과에서 힌트를 얻었고 과학사에서 놀랄 만한 업적인 만유인력의 법칙을 만들어냈다. 대부분의 사람들은 사과가 떨어지면 사과를 먹으려고 하지 않을까? 하지만 아이작 뉴턴은 사과를 통해서 대단한 발견을 이루었다. 그가 만유인력의 법칙을 발견하지 못했다면 과학사의 발전은 300년 더 늦어졌을지도 모른다. 아이작 뉴턴이 아니었다면 물리학에서 힘을 기술하는 방법을 알아내지 못했을테니 말이다.

당신은 어떻게 생각하며 살고 있는가? 불행한 일이 일어나면 운이 없었다고 탓하고 마는가? 아니면 그 일을 다른 각도에서 바라보는가? 할 수 있다면 생각을 전환시켜라. 그러면 같은 일인데도 다르게 느껴지고 다르게 보인다. 사람은 마음먹기에 따라서 부정적인 일 속에서도 긍정적인 부분을 찾아낼 수 있다.

실패는 그냥 놔두면 그저 고통스럽다. 그리고 실패는 견디기 어렵다. 사람은 실패를 하면 실패에 붙잡혀서 어떻게 하지 못한다. 그럴 때 왜 실패했는지 시간을 두고 자세하게 살펴보고 분석한다면 다음 기회에는 더 잘할 수 있고 마침내 성공할 수 있는 실마리를 찾게 될 수도 있다. 삶 속에서 실패는 자연스러운 것일 수도 있다. 하지만 실패에는 원인이 있다. 땅에 떨어진 사과가 아이작 뉴턴을 놀라게 했듯이 실패는 당신에게 고통을 줄 것이다. 하지만 아이작 뉴턴은 사과를 통해서 힌트를 얻었다. 당신도 실패를 통해서 삶을 더 좋게 개척할 수 있는 힌트를 얻을 수 있다. 그러면 다음에는 분명히 성공할 수 있는 확률이 더 높아진다. 실패를 그냥 놔두지 말고 생각하고 또 생각해서 성공할 수 있는 힌트를 얻어내야 한다.

라이트 형제는 하늘을 날았다

150년 전만 해도 하늘을 날 수 있다고 생각한 사람은 없었다. 하늘을 나는 것은 상상 속에서나 가능한 일이었다. 사람은 날개가 없으니 자연히 하늘을 날 수 없고 새처럼 날려고 하면 위험천만한 일이었다. 하지만 미국의 올빌 라이트와 윌버 라이트 형제는 하늘을 나는 일에 도전했고 시도했다. 그리고 1903년 라이트 형제는 처음으로 동력 비행기를 조종해서 지속적인 비행에 성공했다.

라이트 형제가 아니었으면 한국 사람들은 아직도 미국에 갈 때 비행기가 아닌 배를 타고 가야 했을 수도 있다. 배를 타고 가면 시간이 아주 오래 걸린다. 하지만 비행기를 타고 가면 하루도 채 되지 않아서 미국에 도착할 수 있다.

당신은 모험에 도전해본 적이 있는가? 모험을 시도하는 일을 두려워하지 말라. 사람들이 하지 못할 것이라고 여기는 일도 시간이 지나면 누군가 개척자의 모습으로 나타나 그 일을 해내곤 한다. 마침내 가능성이 실현되는 것이다. 어떤 사람에게는 희망이 실현되는 것이다. 라이트 형제는 하늘을 날고 싶어 하는 모든 사람들에게 희망을 주었다.

할 수 있다면 작은 일이라도 도전해보라. 새로운 일에 도전하면 새로운 희망을 개척할 수 있다. 평소에 잘 달리지 않던 사람에게 마라톤은 불가능하게 느껴진다. 100미터도 잘 달리지 못하는 사람에게 말이다. 하지만 100미터부터 달리고 나서 그 다음에는 1000미터 그리고 10킬로미터를 완주하게 되면 점차 42.195 킬로미터는 가능의 영역 안으로 들어오게 된다. 마침내 마라톤을 완주하고 나면 자신에 대한 가능성과 자부심을 느낄 수 있다. 할 수 없을 것만 같은 일을 해내고 나면 할 수 있다는 새로운 희망을 느낄 수 있다.

유리 가가린은 푸른빛의 지구를 보았다

100년 전만 해도 사람이 우주로 나가는 것은 불가능하게 보였다. 하지만 1957년에 소련의 우주선 스푸트니크 1호가 세계 최초로 성공적으로 발사되었다. 1961년에는 소련의 유리 가가린이 보스토크 1호를 타고 마침내 인류 최초로 우주 비행에 성공했으며 우주에서 지구를 보고 "지구는 푸른빛이었다."라고 말했다.

소련과 경쟁 관계에 있었던 미국은 1961년에 존 F. 케네디 대통령이 "1960년대가 끝나기 전까지 인간을 달에 보내고 다시 지구로 무사히 귀환시킬 것이다. 비록 이것은 힘든 일이지만 우리는 이 길을 선택하고 해낼 것이다."라고 말했으며 유인 우주선으로 달 탐사를 하겠다고 공언했다. 그리고 마침내 1969년 미국의 닐 암스트롱을 포함한 세 명의 우주인이 아폴로 11호를 타고 달을 향해 떠났다. 닐 암스트롱은 달 표면에 도착해서 "이

것은 한 사람에게는 작은 한 걸음에 지나지 않지만 인류에 있어서는 위대한 도약이다."라고 말했다.

인류는 우주에 대한 희망을 품을 수 있게 되었다. 100년 전만해도 밤하늘의 모습을 보면서 그저 상상할 수 있을 따름이었다. 하지만 이제는 탐사선을 화성에까지 보내는 시대가 되었다. 머지않아서 사람도 화성에 갈 수 있지 않을까?

2013년에 나온 영화 〈유로파 리포트〉는 인류가 탐사선을 타고 목성의 위성 유로파로 떠나는 것을 보여준다. 생명체를 탐사하기 위해서다. 현재의 인류는 화성에서 물을 찾기 위해서 탐사로봇을 보내는 수준에 와 있다. 앞으로의 100년 동안은 어떤 일이 벌어질까? 인류는 어떤 희망을 가질 수 있을까? 더 먼 우주까지 나아갈 수 있지 않을까? 우주는 아직 인류에게 미지의 대상이다. 우주는 관찰은 가능하지만 다다르기에는 멀게 느껴진다. 현재의 우주 항공 기술로는 인류가 다른 행성에 가기는 많이 어렵다. 하지만 〈유로파 리포트〉를 포함한 많은 영화들에서 우주에서 벌어지는 일들을 그리고 있다. 우주 비행사 유리 가가린이 지구를 보고 푸른 빛이었다고 말했듯이 언젠가 또 다른 우주 비행사가 화성에 다다라서 붉은 빛이었다고 말할 날이 오지 않을까? 언젠가 희망은 실현될 것이다. 할 수 없다는 생각은 멀어지고 언젠가는 점차 우주 여행도 가까워지는 시대가 올 것이다.

인류는 실제로 화성 이주 실험도 하고 있다. 화성의 환경을 지구 환경과 같이 바꾸는 것이다. 바로 테라포밍(Terraforming)이다. 인류는 아직은 화성에서 살 수 없다. 화성은 기온 차이가 너무 심하고 공기도 적합하지 않기 때문이다. 언젠가 또 다른 미래 시대에 사는 인류는 자유자재로 화성에 왔다 갔다 하는 우주 시대를 살 수도 있을 것이다.

마음에 가능성과 희망을 품고 많이 노력하면 언젠가 가능성과 희망이 실현될 것이다. 할 수 없다고만 여기고 부정적으로만 생각하면 할 수 있는 일조차도 하지 못하게 된다. 150년 전만 해도 사람이 하늘을 비행하는 것은 불가능한 일이었고 100년 전만 해도 사람이 우주를 비행하는 것은 불가능한 일이었다. 그러면 앞으로는 무엇을 기대할 수 있고 무엇을 희망할 수 있을까? 불가능이 현실이 되는 것을 보면 희망은 노력하기에 따라서 또 시간이 지나면 실현될 수도 있는 일이라는 것을 알 수 있다. 앞으로의 100년 내에 어쩌면 〈유로파 리포트〉처럼 목성의 위성에 가서 탐사를 벌이지 않을까? 지구인들의 지지와 환호를 받으며 우주 비행을 나서는 것은 기쁜 일인 동시에 두려운 일이다. 하지만 유리 가가린과 닐 암스트롱이 해냈듯이 다음 세대의 또 다른 우주 비행사들은 미래에 해낼 것이다. 어쩌면 미래에는 화성에 가서 살 수 있는 기회가 있을지도 모른다. 탐사 로봇들이 화성의 토양을 채취하고 분석해서 지구로 데이터를 전송하고 있다. 인류는 다음에 무엇을 희망할까? 나는 아마도 지구에서 화성으로의 행성 이주일 것으로 생각한다. 아직은 멀게 느껴지지만 현실성은 있는 이야기다.

자신감은 매력적인 옷이다

　세상에서 가장 멋진 옷은 무엇일까? 당신을 눈부시게 해주고 빛나게 해주는 옷 말이다. 그런 옷이라면 돈을 많이 쓰더라도 누구나 사서 입고 싶을 것이다. 아마도 가장 매력적인 옷은 자신감이 아닐까? 사람은 마음에서 자신을 믿게 되면 가능성과 긍정의 에너지가 쏟아져 나온다. 무엇이라도 할 수 있을 것만 같은 마음이다.

　랄프 왈도 에머슨은 "자신감은 성공으로 이끄는 제1의 비결이다."라고 말했다. 사람은 자신감을 가지면 뭔가 다르게 느껴진다. 같은 사람인데도 당당하게 느껴지고 뭔지 모를 새로운 기운이 있는 것처럼 느껴진다. 반면에 자신감이 없는 사람은 주눅들어 보이고 소심하게 느껴진다. 사람들은 소심한 사람을 좋아하지 않는다. 사람들은 무언가를 하더라도 자신 있게 해낼 수 있는 사람을 좋아한다. 자신 있어 하는 당당함 속에는 사람을 이끄는 매력이 있다. 자신감은 매력적인 옷이다.

한국 축구 대표팀의 주장이었던 박지성 선수는 자신감의 아이콘이었다. 그는 비록 시작은 보잘것없었지만 기회가 찾아왔을 때 주저 없이 잡았고 침착하게 공을 다루는 모습을 보여주었다. 그는 대학에 진학할 때 명지대에 어렵게 들어갔다. 하지만 그는 올림픽 대표팀에 발탁되었고 수비수에서 공격수로 전환한 다음에는 두각을 나타냈다. 그는 2002년 한일 월드컵에서는 32강 조별 리그에서 포르투갈을 만났을 때 상대편 골문 앞에서 공을 차분하게 다루며 멋진 결승골을 넣기도 했다.

박지성 선수는 일본 교토 퍼플상가를 거쳐 거스 히딩크 감독을 따라서 네덜란드의 PSV 아인트호벤으로 이적해서 뛸 때 초기에 팬들의 야유를 받는 위기도 겪었지만 더욱 도약해서 영국 프리미어리그의 맨체스터 유나이티드에 입단했다. 그는 맨체스터 유나이티드에 처음 입단했을 때 영국 팬들은 '티셔츠를 팔러 온 아시아 선수'로 보았다. 하지만 그는 자신감 있는 모습을 보여주었다. 그는 '산소 탱크'라고 불릴 만큼 많은 활동량과 넓은 시야로 시너지 효과를 내며 맨체스터 유나이티드 내에서 전술적인 가치를 높였고 강팀을 상대할 때 효과적인 선수로 인정받았다. 그는 평발의 선수라는 사실을 감안하면 많은 활동량은 엄청난 노력을 말해준다. 그는 인터뷰에서도 자신감 있는 모습을 나타내곤 했었다.

가끔씩 거울을 들여다볼 필요가 있다. 그리고 자신을 향해서 미소를 한번 지어 보라. 자신감이 생겨나고 기분이 좋아질 것이다. 거울 속의 모습이 잘 생겼든 못 생겼든 말이다. 박지성 선수는 못 생겼지만 자신감이 있어서 당당하게 느껴진다. 하지만 그는 많이 노력했고 할 수 있는 데까지 뛰는 선수였다. 그는 몸을 사리지 않았다. 그의 자신감은 많은 노력에서 나왔다.

당신도 자신감이라는 매력적인 옷을 입을 수 있다. 당신의 삶에서 치열하게 많이 노력하라. 끝까지 노력하라. 노력을 멈추면 안 된다. 그리고 도전하라. 당신은 때로 야유 받을 때도 있겠지만 노력으로 견뎌내고 이겨내라. 나는 얼굴이 잘생기고 자신감 없는 사람보다 얼굴이 못 생겼어도 자신감 있는 사람이 더 낫다고 생각한다. 자신감은 거저 주어지는 것이 아니다. 자신감이라는 매력적인 옷을 입으려면 많이 노력하고 또 노력해야 한다.

랜스 암스트롱은 1퍼센트의 희망을 보고 달렸다

사이클 선수 랜스 암스트롱은 『1퍼센트의 희망』에서 "나는 1퍼센트의 희망만 있어도 달린다. 고통은 순간이지만 포기의 여파는 평생이다."라고 말했다. 그는 암을 이겨냈고 투르 드 프랑스에서 7연패의 대기록을 세운 선수였다.

사람은 확률이 반반일 때 섣불리 나서기 어렵다. 바로 동전 던지기의 확률이다. 당신은 그런 일이라면 하겠는가? 될 가능성과 되지 않을 가능성이 반반이라면 확신을 가지기 어렵다. 사람은 그럴 때 누구나 머뭇거린다. 반면에 될 수 있는 확률이 50퍼센트를 넘어서면 더 많은 가능성을 느낄 수 있다.

할 수 있는 가능성이 단 10퍼센트라도 있다면 도전해볼 가치가 있지 않을까? 심지어 가능성이 단 1퍼센트라고 해도 가능성이 없는 것은 아니다. 1퍼센트도 엄연히 가능성이다. 1퍼센트의 확률은 많이 적은 것이고 해내기 어렵지만 가능성은 있다. 어떻게 하면 될까? 1퍼센트의 가능성을 붙잡고 10퍼센트로 30퍼센트로 확률을 높여 가는 것이다. 마음을 쏟아 붓고 노력을 많이 쏟아 부을수록 가능성은 더 높아진다. 생기 없는 식물에 햇빛을 쐬어 주고 물을 주면 살아날 가능성이 더 많아지는 것처럼 말이다.

랜스 암스트롱은 1퍼센트의 희망을 보고 달렸다. 사이클은 체력적으로 매우 힘든 운동이다. 장거리를 내달려야 한다. 산악 지대를 달릴 때도 있다. 목이 마르고 한계에 다다르면 체력적으로 소진되고 그만 두고 싶어진다. 그는 자신을 이겨냈다. 그는 자신의 한계를 두고 희망을 품고 달렸다. 그는 이후에 약물 복용 사실이 드러나서 물의를 빚기도 했지만 그래도 몸이 아픈 데도 희망을 품고 투르 드 프랑스에 도전했던 것만큼은 인정받아야 할 것이다.

100퍼센트의 가능성이라면 누구도 도전하지 않을 사람이 없을 것이다. 하지만 단 10퍼센트의 가능성만 있어도 희망은 있다. 시도해볼 필요가 있다. 많이 노력하고 많이 시도해서 가능성을 더 높여야 한다. 또한 10퍼센트 확률의 일에 실패했다고 해도 아무도 뭐라 하지 않을 것이다. 오히려 10퍼센트의 확률을 가진 일에 도전해서 해낸다면 더 많은 인정을 받을 수 있다.

마음에 희망을 남겨두어야 한다

마케도니아의 알렉산더 왕은 큰 전쟁에 출정하기 직전에 자기의 보물 창고를 열어서 휘하의 장군들에게 모두 나누어주었다. 한 신하가 물었다.

"값진 보물들을 한 개도 남겨놓지 않고 장군들에게 다 나누어주시면 어떻게 합니까?"

그러자 알렉산더는 다음과 같이 말했다.

"나는 가장 중요한 것을 남겨두었네. 바로 희망을 남겨두었지. 나는 동과 서로 나누어진 이 세상이 나의 꿈으로 하나가 되는 희망을 가지고 있네. 그리고 이 희망을 위해서라면 나는 이 보물들을 얼마든지 사용할 수 있네."

사람은 살다 보면 돈이 없어서 힘들 때가 있다. 그럴 때면 불평하고 낙담한다. 부자가 되고 싶지만 가난을 벗어나기는 어렵다. 그럴 때 마음에 희망을 남겨 두어야 한다. 노력하면 더 나아질 수 있다는 희망이다. 그리고 많이 노력해서 마침내 부자가 되었을 때 돈보다도 희망을 더 중요하게 여기도록 하라. 돈은 쓰고 나면 없어지지만 희망은 끝까지 남아 있다. 알렉산더는 희망을 보물들보다 더 중요하게 여겼기 때문에 장군들에게 보물들을 나누어줄 수 있었다.

조지 워싱턴 괴델스라는 건축가가 있었다. 그는 파나마 운하를 건설했던 사람이다. 그는 기후와 토양과 수질을 심도 있게 연구한 후에 운하 건축에 착수했다. 하지만 사람들은 그에게 비난을 퍼부었다.

"파나마 운하 건설은 어차피 불가능하다. 미숙한 건축가가 엄청난 국고를 낭비하고 있다. 당장 공사를 중지시켜라."

온갖 중상과 모략이 난무했다. 그러나 그 건축가는 묵묵히 공사를 계속했다. 그는 조금도 동요하는 빛이 없었다. 그는 주위의 비난에 대해 한 마디도 대꾸하지 않았다. 한 직원이 괴델스를 향해 답답한 표정을 지었다.

"당신을 비방하는 사람들에게 왜 대답을 하지 않습니까?"

"때가 되면 하겠지요."

직원이 다시 물었다.

"그때가 언제입니까?"

괴델스의 대답은 간단했다.

"운하가 완공된 후입니다."

희망이 있으면 자신의 길을 계속해서 갈 수 있다. 좌절의 순간에도 낙담의 순간에도 희망의 자리는 남겨 두라. 조지 워싱턴 괴델스는 사람들의 비방에 섣불리 대답하지 않았다. 그는 직접 보여주는 방법을 선택했다. 사람들은 말로 하면 듣지 않을 것이기 때문이다. 그리고 그는 마침내 파나마 운하를 완공했다.

될 때까지 하면 희망을 실현할 수 있다

토머스 에디슨의 백열전구 발명 50주년 때 기념식이 열렸다. 그 자리에는 미국의 허버트 후버 대통령을 비롯해서 각계의 귀빈들이 참석했다. 저녁때가 되자 토머스 에디슨이 그의 조수에게 말했다.

"천천히 발전기를 돌리게."

토머스 에디슨이 일어나 스위치를 켜자 순간 수백 개의 백열전구가 켜지면서 기념식장 안이 대낮처럼 환해졌고 사람들이 일제히 박수를 쳤다.

허버트 후버 대통령이 인사말을 했다.

"토머스 에디슨 씨는 미국의 자랑입니다. 그가 세계에서 어둠을 몰아내었고 우리는 모두 혜택을 입고 있습니다. 나는 미국의 대통령으로서 토머스 에디슨 씨에게 경의를 표하게 된 것을 진심으로 기쁘게 생각합니다."

토머스 에디슨은 일어나서 답례를 했다.

"제가 한 일이 세상에 조금이라도 행복을 가져다주었다면 저는 그것으로 만족합니다."

토머스 에디슨은 어려서부터 호기심이 많았고 22세 때 인쇄기를 발명해서 특허를 따냈으며 그 특허료 4만 달러를 자본으로 해서 발명 회사를 만들었고 발명가로서의 길을 걸었다. 그는 영사기, 축전지, 전기철도, 축음기, 송화기 등 1300여 가지를 발명했다. 토머스 에디슨에게 성공의 비결을 묻자 그는 이렇게 대답했다.

"그것은 상상력과 희망 그리고 일하고 싶다는 의지입니다."

발명가가 새로운 한 가지를 발명하려면 많은 실험과 실패를 거쳐야 한다. 발명가가 한두 번 실패하고 나서 되지 않는다고 그만둬버리면 발명은 할 수 없다. 당신은 새로운 일에 도전할 때 어떻게 하는가? 한두 번 안에 되기를 바라며 조급하게 하는가? 아니면 한두 번이 아니라 열 번까지 되지 않더라도 될 때까지 시도하려고 하는가? 도전하는 일이 잘되지 않을 때 마음에서 낙담하지 말고 희망을 품어라. 토머스 에디슨은 엄청난 발명가였지만 또한 엄청난 실패자이기도 했다. 그는 수없이 많은 실패를 거쳤다는 의미다. 실패 속에서 실패를 분석하고 성공의 실마리를 캐낼 수 있으면 다음에는 성공을 향해서 전진할 수 있다.

토머스 에디슨은 축전기를 만들기 위해 무려 2만 번의 실험을 거쳤다. 그러나 그는 결국 납을 대신할 수 있는 물체를 찾아낼 수 없었다. 어느 날 한 방문객이 에디슨에게 위로의 말을 건넸다.

"2만 번이나 실험에 실패했으니 상처가 얼마나 크십니까?"

이에 토머스 에디슨은 정색을 하며 대답했다.

"아닙니다. 실험에는 실패가 없어요. 2만 번의 실패가 2만 개의 노하우를 가져다주었어요. 이것이 바로 실패하지 않는 이유입니다."

한두 번 실패해도 낙담하지 말라. 열 번까지도 도전해보라. 어쩌면 실패는 성공으로 가는 과정이다. 또한 실패를 통해서 한 가지씩 성공의 실마리를 얻을 수 있다. 실패라는 과정을 거치면서 점점 더 성공에 가까워질 수 있다. 한두 번 실패하더라도 할 수 있다고 생각하라. 토머스 에디슨은 실패를 실패로만 여기지 않았다. 그는 실패의 좋은 면을 보았다.

한번은 토머스 에디슨의 연구소에서 화재가 발생해서 소중한 실험 기계를 모두 잃었다. 그는 검게 변한 실험 기계를 바라보면서 중얼거렸다.

"내가 범했던 실수들이 모두 자취를 감추었다. 이 얼마나 감사한가. 이제부터 새롭게 시작할 수 있으니 이 또한 얼마나 감사한 일인가."

토머스 에디슨이 축음기를 발명한 것은 연구소에 화재가 난지 3주 후였다.

사람은 마음에 희망을 품으면 상황을 낙관적으로 바라볼 수있다. 토머스 에디슨은 연구소에 화재가 난 순간에도 그렇게 낙담하지 않았다. 아마 많은 사람들은 그런 경우에 낙담하지 않을까? 특히 많은 금전적인 손실을 입었으니 말이다. 무엇보다 발명 자산들을 잃었으니 엄청난 손실이었다. 그런데도 토머스 에디슨은 좋은 면을 보았다.

될 때까지 하면 희망을 실현할 수 있다. 마음에 희망을 품고 많이 노력하라. 그러면 앞을 향해서 힘차게 나아갈 수 있다. 한두 번의 실패에 좌절하면 원하는 일을 해낼 수 없다. 지칠 줄모르는 많은 노력과 희망이 있으면 기어코 해낼 수 있다. 실패를 성공으로 가는 과정으로 여겨라. 그러면 실패에서 낙담하지 않고 왜 실패했는지 이유를 알아낼 수 있고 성공의 실마리를 캐낼수 있다. 그리고 다음에는 그 실패를 반복하지 않으면 된다. 그러면 점차 성공에 더 가까워진다. 열 번을 실패하더라도 한 번더 도전하려는 의지가 있다면 미래의 성공은 이미 가까이 다가와 있다.

될 때까지 많이 노력하라. 많이 노력하면 희망은 더 많아진다.

실패하더라도 포기하지 말고 한 걸음 더 나아가라. 도전하고 많이 노력하는 사람에게 성공은 가깝다. 수많은 실패들을 자산으로 만들어라. 그러면 언젠가 성공할 수 있고 마침내 웃을 수 있다.

4장 변화가 희망이다

새로운 기회를 찾아 나서야 한다

스펜서 존슨의 『누가 내 치즈를 옮겼을까?』를 보면 우화가 나온다. 아주 먼 옛날 스니프와 스커리라는 두 마리 생쥐들과 햄과 허라는 두 꼬마 인간들이 살았다. 그들은 매일 미로 속에서 그들이 가장 좋아하는 치즈를 찾아서 뛰어다녔다. 어느 날 그들은 좋아하는 치즈가 잔뜩 쌓여 있는 치즈 창고 C를 찾았고 하루하루 행복한 나날을 보냈다. 그러나 치즈는 바닥이 나고 말았다.

생쥐들은 치즈의 재고량이 매일 조금씩 줄어들고 있다는 것을 이미 알고 있었기 때문에 다시 새로운 창고를 찾아 나섰다. 그러나 꼬마 인간들은 매일 조금씩 일어나고 있는 변화를 주의 깊게 관찰하지 않았기 때문에 눈앞의 현실을 믿지 않고 어찌할 바를 몰라 불평만 했다. 그들은 상황의 변화를 인정하지 않았고 예전의 행복이 다시 찾아올 것이라는 헛된 희망을 가지고 현실에 안주하며 불평했다.

그러던 중 꼬마 인간 허는 뒤늦게 상황을 눈치 채고 두려운 마음이 들었지만 다시 미지의 세계인 미로를 향해 달려 나가기로 결정했다. 하지만 꼬마 인간 햄은 실패에 대한 두려움으로 C 창고를 나가 새로운 치즈 찾기를 거부했고 홀로 C 창고에 남았다. 결국 꼬마 인간 허는 바닥에서 천장까지 쌓인 치즈더미들로 가득한 N 창고를 찾았고 그곳에서 먼저 도착한 스니프와 스커리 생쥐들을 발견했다.

이 우화는 변화는 항상 일어나고 있으므로 변화를 예상하고 변화에 신속하게 적응하며 자신도 변해야 한다고 알려준다. 그리고 변화를 즐기라고 말한다. 생쥐 스니프와 스커리는 현명했다. 그들은 치즈가 줄어들고 있다는 변화를 포착했기 때문이다. 평소에 변화를 알아차려야 한다. 세상이 변하고 있는데 자신만 변화하지 않고서 그 변화를 따라가지 못하면 변화에 뒤처지고 만다. 치즈를 찾아서 떠나지 않고 C 창고에 주저앉아 있던 햄처럼 되고 만다. 모험을 두려워하는 것이다. 누군가 또 다시 치즈를 가져다주겠지 하고 기대하는 것이다. 당신은 누군가 해주겠지 하고 기대하는가? 아니면 새로운 기회를 찾아서 적극적으로 찾아 나서는가?

변화는 어떤 측면에서 두려운 일이다. 변화는 아직 겪어본 일이 아닌 것을 선택하는 일종의 모험이기 때문이다. 그래서 사람들은 변화를 좋아하지 않고 기존에 있던 자리를 선호하며 있던 자리에 그대로 남아 있고 싶어 한다. 하지만 시간이 지날수록 기회는 줄어들고 언젠가 새로운 기회를 찾아나서야 할 때가 온다. 그때 당신은 어떻게 하겠는가?

기회가 없는 곳은 버려야 하고 과감하게 떠나야 한다. 누군가에게 기대지 말라. 스스로 떠나야 한다. 한번 실패하더라도 괜찮다. 두 번 실패하더라도 세 번 시도하면 된다. 한 번도 시도하지 않으면 아무 것도 가질 수 없지만 실패하다보면 더 좋은 길을 찾아나갈 수 있는 실마리들을 얻을 수 있다. 실패를 두려워하지 말라.

열 번 시도해서 한 번 성공했다면 잘한 것이다. 그 동안의 아홉 번의 실패는 나쁜 것이 아니다. 실패는 과정이다. 백 번 시도하더라도 한 번 성공할 수 있다면 시도해야 하지 않을까? 1%의 가능성이다. 하지만 많은 사람들은 성공의 가능성이 많이 낮으면 새로운 기회를 찾아서 떠나지 않는다. 과거에 머물지 말고 미래를 보아야 한다. 현재는 기회를 보장해주지 않는다. 현재는 변하고 있기 때문이다. 변화가 희망이다. 자신을 변화시켜라. 그 길이 미래의 희망을 확보하는 길이다. 변화를 선택한다

면 가능성이 있다. 현재의 제자리에 머물기를 선택하면 가능성
은 점차 줄어든다. 주변이 변화하고 있을 때는 자신도 변화해야
한다. 때로는 변화를 선택하고 미래를 향해 길을 떠나야 한다.

마음을 업그레이드 시켜라

나는 가끔씩 노트북 컴퓨터를 업그레이드 시켰다. 컴퓨터를 업그레이드 시키면 성능이 강화된다. 주기적으로 컴퓨터의 성능을 업그레이드 시켜야 한다. 그러면 컴퓨터는 고성능으로 탈바꿈한다.

컴퓨터를 업그레이드 시키듯이 사람도 업그레이드 시킬 수 있다. 어떻게 하면 사람을 업그레이드 시킬 수 있을까? 가장 먼저 약점을 보완하면 된다. 사람은 약점을 업그레이드 시키지 않으면 삶이 더 나아지지 않는다. 외국어 능력이 많이 부족하다면 결정적으로 외국어로 말해야 할 때 기회를 놓치고 만다. 회사에서 때로 외국어 능력이 중요하다. 외국 고객들이 와서 영어로 대화할 때 자연스럽게 영어로 말할 수 있다면 유능한 사람이라는 인상을 줄 수 있다.

외국어 능력에 자신이 없다면 회화 학원에 등록해서라도 실력을 쌓을 필요가 있다. 외국어 능력을 업그레이드 시켜야 한다. 그리고 외국어를 자연스럽게 말할 수 있을 때까지 연습하고 또 연습하라. 그리고 주변에서 외국 사람들을 만나 보라. 요즘에는 한국에도 외국 사람들이 많으며 무려 150만 명이 넘는다. 가끔씩 외국 사람들을 만나서 직접 외국어로 대화를 하다 보면 외국어 실력이 점차 늘 수 있다. 회사에서 외국어를 잘하는 사람이라고 알려지면 더 높은 자리로 승진해서 일할 수 있는 기회를 잡을 가능성도 많아진다.

자신을 업그레이드 시켜 나가면 더 많은 희망을 볼 수 있고 더 많은 열매를 만들어낼 수 있다. 변화가 필요할 때 변화하라. 자신을 업그레이드 시키는 것이 처음에는 주저할 수 있지만 마음을 먹고 변화를 선택하면 미래의 가능성이 더 높아진다.

능력을 업그레이드 시키는 것도 중요하지만 마음을 업그레이드 시키는 것이 더 많이 중요하다. 변화하지 않는 사람은 두려움과 불안과 절망에 익숙하다. 프랑스의 소설가 알베르 카뮈는 "삶에 대한 절망 없이는 삶에 대한 희망도 없다."라고 말했다. 이미 절망을 경험해본 사람은 희망에 대해서 더 많이 알 수 있다. 절망 속에 있을 때 비치는 희망의 빛줄기는 가치가 더 많기 때문이다. 마음을 업그레이드 시켜라. 마음에 희망을 장착하라. 두려움과 불안과 절망에 익숙하지 말라. 그리고 조금씩 변화하라. 새로운 것을 향해서 변화하라. 이제 어제가 아닌 내일을 향해서 움직여라. 이제 절망이 아닌 희망을 선택하고 마음에 희망을 장착하면 마음은 업그레이드 된다. 할 수 있다는 마음이 중요하다. 할 수 있다고 생각하기 시작하면 할 수 없을 것만 같았던 일도 점차 가능해진다. 많이 노력하기 때문이다. 많이 노력하고 멈추지 않기 때문이다.

컴퓨터가 바이러스에 노출되면 기능이 급격히 저하되듯이 사람의 마음도 두려움과 불안과 절망이라는 바이러스에 감염되면 힘이 급격히 떨어진다. 두려움과 불안과 절망은 마음의 바이러스다. 이때 바이러스를 치료할 수 있는 백신은 바로 변화하고 희망하는 것이다. 그리스의 극작가 메난드로스는 "역경은 희망에 의해서 극복된다."라고 말했다. 이제 해본 적이 없는 새로운 일을 시도해보라. 이제 어제와 다른 오늘을 만들어보라.

마음이 변화하면 더 행복해질 수 있다

미국의 제16대 대통령 에이브러함 링컨은 "사람은 행복하기로 마음먹은 만큼 행복하다."라고 말했다. 마음먹기에 따라서 삶은 달라질 수 있다. 오늘까지 행복하지 않았더라도 내일의 행복을 위해 마음에 희망을 품고 조금씩 변화를 시도하라.

사람은 누구나 행복할 권리가 있다. 하지만 행복하게 사는 사람은 얼마 되지 않는다. 왜 그럴까? 바로 마음의 문제다. 사람은 어떤 마음을 먹느냐에 따라서 삶이 많이 달라질 수 있다.

새들 중에서 독특한 새가 있다. 그 새는 일정 시기가 되면 부리와 발톱이 무뎌져서 사냥을 하지 못하고 도태된다. 그때 그 새는 선택을 해야 한다. 엄청난 변화를 앞두고서 말이다. 그 새 중의 일부는 6개월 정도의 기간 동안 부리를 바위에 쪼아서

빠지게 만들고 새로운 부리가 돋아나게 한다. 그리고 새로운 부리로 이제는 발톱을 찧어서 빼고 또한 새 발톱이 자라나게 한다. 또한 깃털까지 새로운 깃털로 바꾼다. 바로 목숨을 건 변화다. 그 새의 이름은 바로 솔개다. 솔개가 만약에 제2의 도약을 위해서 목숨을 건 변화를 감행하지 않았다면 무뎌진 부리와 발톱으로는 먹이를 사냥하지 못하고 도태되고 말 것이다.

사람도 마음만 먹으면 솔개처럼 변화할 수 있다. 마음에서부터 변화하라. 마음에서 두려움과 불안과 절망에 익숙한 삶에서 변화하지 않으면 오늘도 내일도 삶은 여전히 어둡고 힘들 것이다. 마음에서 하지 못할 것이라는 부정적인 생각을 뽑아내고 나면 삶은 더 새로워진다.

탈무드에는 "실패는 유한하지만 가능성은 무한한 것이라는 가능성을 믿는 낙관적인 힘으로 인간은 발전하는 것이다."라는 말이 있다. 마음을 절망이 아닌 희망 쪽으로 더 기울이면 원하는 일을 할 수 있는 가능성이 더 많아진다. 오늘보다 내일 더 발전할 수 있고 더 나아질 수 있다. 마음에서 희망하지 않고 희망의 문을 닫아버리면 두려움과 불안과 절망은 계속 되고 떠나지 않을 것이다. 이제 절망을 뒤로 하고 희망을 선택하라. 그러면 희망이 내일을 밝게 해주고 미래를 열어줄 것이다.

가슴에 꿈을 품으면 희망을 느낄 수 있다

가슴에 꿈이 있으면 가슴이 뜨거워진다. 꿈꾸는 사람이 되어라. 세계 최고의 부자였던 빌 게이츠는 하버드 대학교 3학년 때 중퇴를 결심했다. 그리고 그는 동업자 폴 앨런과 함께 마이크로소프트를 설립했다. 그는 컴퓨터에 대한 꿈이 있었기 때문이다. 그는 세계 각 가정에 개인용 컴퓨터가 보급될 것이라는 희망을 가지고 있었다.

빌 게이츠는 하버드 대학교 학위보다 가슴에 품은 꿈이 더 중요했다. 그는 컴퓨터 프로그래밍을 하고 싶은 희망이 더 절실했다. 꿈꾸는 사람은 희망과 함께 하며 아직 꿈이 이루어지지 않았어도 꿈을 이룬 미래의 멋진 모습을 상상한다. 그리고 꿈을 향해서 노력하고 또 노력한다. 가슴에 꿈을 품으면 희망을 느낄 수 있다.

가슴에 꿈을 품으면 몸은 지치고 힘들어도 마음은 오히려 더 즐겁다. 꿈이 에너지를 공급해주기 때문이다. 꿈이 없다면 멈추어라. 꿈꾸는 인생이 아니라면 한 번의 인생에서 가슴에서 원하는 일이 무엇인지 생각해보아야 한다. 당신이 가슴에서 가장 원하는 일을 찾아내야 한다. 그 일이 바로 꿈이 될 수 있다. 가슴에 꿈을 가지면 삶은 강력해진다. 방향성이 생기기 때문이다. 가슴에서 꿈을 향해 돌진하고 싶은 의욕이 생기기 때문이다.

하루에 한두 시간도 노력하지 않던 사람이 가슴에 꿈을 품으면 10시간 넘게 노력하는 사람으로 바뀔 수 있다. 꿈은 삶을 역동적으로 만든다. 노력하고 또 노력하며 에너지가 고갈되어도 또 다시 에너지가 솟아난다. 가슴에 꿈이 있으면 밥을 먹지 않아도 힘이 생긴다.

꿈은 인생을 더 가치 있게 만든다. 그리고 꿈은 평범한 데서 비범한 데로 이끌어준다. 남들과 같이 남들이 하는 만큼 노력한다면 열매도 남들과 비슷할 것이다. 하지만 꿈꾸는 사람은 자신을 뛰어넘고 남들보다 몇 배 또는 몇 십 배의 노력을 하기 때문에 열매도 훨씬 더 많다.

가슴에 꿈을 품고 한 방향을 향해서 많이 노력하면 늦더라도 꿈을 이룰 수 있다. 꿈을 이루면 삶은 확연히 달라진다. 아직

젊을 때 돈이 아닌 꿈을 선택하라. 돈은 쓰고 나면 사라지고 말지만 꿈은 평생 동안 지속할 수 있다. 당신이 가슴에 꿈을 품으면 많은 에너지를 얻게 될 것이다. 꿈을 이루려고 하는 많은 노력은 지칠 줄 모른다. 꿈이 없는 인생은 남들과 비교하고 후회가 많다. 하지만 꿈을 꾸는 인생은 남들보다 늦게 가더라도 즐겁다. 가슴에서 원했던 꿈이기 때문이다. 내일은 오늘보다 더 꿈에 다가서게 될 것이다.

미래를 알고 싶으면 과거를 들여다보라

가슴에 희망이 가득한 미래를 꿈꾸어본 적이 있는가? 그럴 때면 마음이 즐거워진다. 하지만 미래는 현재와 별로 다르지 않다. 왜 그럴까? 미래를 알고 싶으면 역으로 과거를 들여다보아야 한다. 독일의 철학자 프리드리히 니체는 "미래를 알 수 있는 유일한 방법은 과거를 자세히 살펴보는 것이다."라고 말했다. 미래를 알고 싶으면 왜 과거를 보아야 할까? 사람은 잘 변화하지 않기 때문이다. 사람은 미래에도 과거를 반복하기 때문이다.

과거는 당신에 대한 데이터를 많이 보유하고 있다. 현재는 당신에 대한 데이터를 만들어내고 있다. 미래는 아직 당신에게 오지 않았다. 사람은 희망이 많은 미래를 만들고 싶으면 과거를 들여다보고 자신을 들여다봐야 한다. 사람이 과거를 생각하지 않고 과거와 다른 미래를 만들려고 노력하는 것은 다람쥐가 쳇바퀴를 반복적으로 도는 것과 비슷하다. 사람은 자신이 살아온 궤적을 잘 벗어나지 못하기 때문이다.

독일의 극작가 요한 볼프강 폰 괴테는 "과거를 잊는 자는 결국 언제나 과거 속에 살게 된다."라고 말했다. 아프고 힘들었던 과거이든 즐겁고 행복했던 과거이든 과거는 자체로 중요하다. 사람이 어떻게 살았는지에 대한 많은 데이터가 과거에 묻혀 있기 때문이다. 사람들은 저마다 나름의 습관을 가지고 있다. 그리고 사람의 습관은 잘 바뀌지 않는다. 잠자는 습관 한 가지만 해도 잘 바뀌기 어렵다. 사람은 과거를 볼 때 습관을 주목해야 한다. 미래를 바꾸려고 아무리 노력하더라도 습관을 바꾸지 않으면 삶은 그대로 습관을 따라가게 된다. 습관이 미래를 만든다.

이제 습관보다 더 중요한 부분이 있다. 바로 가치관이다. 사람은 과거를 볼 때 가치관을 봐야 한다. 사람이 어떻게 살았는지 거슬러 추적해보면 어떤 가치관으로 살았는지 알아낼 수 있다. 미래를 바꾸려면 결정적으로 생각을 바꾸고 가치관을 바꾸어야 한다. 미래 변화의 핵심이다. 사람은 가치관이 바뀌지 않고서는 과거와 다른 미래를 기대하기 어렵다. 사람들은 자기도 모르게 자기의 가치관을 따라서 선택을 내리고 현재를 살아가고 있다. 사람들은 미래를 좋게 만들기 위해서 많은 노력을 하지만 현재는 과거와 크게 달라지지 않는다. 바로 과거를 구성하는 요소와 별로 다르지 않기 때문이다. 사람의 생각과 선택과 판단은 가치관에서 나온다. 미래를 희망하고 미래를 변화시키려면 가치관부터 변화시켜야 한다.

미래가 아닌 과거를 향해서 추적해보라. 과거에 어떻게 살았는지 어떤 선택을 내렸는지를 차츰 알아내게 되면 당신에 대한 데이터를 추출해낼 수 있게 되고 미래를 바꿀 수 있는 핵심 정보를 뽑아낼 수 있다. 자신을 돌이켜보는 노력을 기울이지 않으면 과거에 내린 후회되는 선택을 미래에도 내리게 될 것이다.

이제 미래를 희망하라. 하지만 미래를 희망할수록 과거를 들여다보라. 과거 속에 중요한 데이터들이 묻혀 있다. 컴퓨터로 비유하면 당신이 내린 선택들은 입출력 데이터이고 그런 데이터들을 만들어내는 응용 프로그램은 바로 당신의 가치관이다. 컴퓨터의 성능을 바꾸려면 입출력 데이터가 아닌 응용 프로그램을 조정해야 한다.

사람은 과거와 다른 미래를 희망하고 싶으면 과거를 자세히 살펴보고 객관적으로 알아야 한다. 그리고 과거의 생각과 가치관과 습관을 변화시키면 미래는 차츰 변하게 된다. 이제 과거를 들여다보라. 과거에서 핵심 정보들을 뽑아내라. 당신이 잘못했던 것들이 과거 속에 묻혀 있다. 과거를 그대로 두면 과거는 계속 지속될 것이고 과거는 미래에도 반복될 것이다.

생각을 전환시켜야 한다

마음에서 원하는 일이 뜻대로 되지 않을 때가 있다. 그럴 때는 계속해서 밀어붙이면 안 된다. 일이 어떻게 진행되고 있는지 전체적으로 점검해보아야 한다. 사업을 하는 사람들은 공급자보다 소비자가 더 중요하고 소비자를 먼저 생각해야 한다. 소비자의 생각을 잘 알지 못하면 물건을 잘 팔 수 없고 희망을 기대하기 어렵다. 공급자가 소비자의 생각을 꿰뚫어 알지 못하면 사업은 점차 쇠락하고 만다.

미래에 희망을 확보하기 위해서는 때로 생각을 전환시켜야 한다. 자신의 생각에서 벗어나 다른 사람들의 생각에서 보는 것이다. 그리고 자신의 생각이 무엇이 잘못 되었는지 알아내야 한다.

사람은 생각을 전환시키면 사물이 새롭게 보인다. 예를 들어 대형 마트 사업을 하고 있는 사람이라면 일부 고객들이 물건이 마음에 들지 않아서 불평을 하고 짜증을 내는 경우 같이 짜증을 내면 그 고객은 다음에는 대형 마트에 물건을 사러 오지 않고 다른 마트에 가버리고 만다. 고객을 잃어버리는 것이다. 그런데 생각을 전환시켜서 다르게 보면 그 고객의 불평과 짜증은 일종의 기회가 될 수 있다. 미래에 대형 마트가 더 잘될 수 있다는 희망이다. 대형 마트의 주인은 생각을 전환시켜서 고객들의 불평과 짜증에 공감할 필요가 있다. 주인이 고객들에게 공감하면 고객들을 이해할 수 있다. 그 고객들뿐만 아니라 더 많은 고객들이 같이 불평하고 짜증을 낼 수도 있으니 그 고객들을 만난 것을 좋은 기회로 만들어서 미래의 위험 요소를 미리 막을 수 있다. 그렇게 보면 대형 마트의 입장에서는 미래에 더 많은 이윤을 낼 수 있다.

　　사람은 현재에 부정적인 상황을 만나더라도 생각을 전환시키면 미래에 희망을 볼 수 있다. 부정적인 상황을 긍정적인 상황으로 변화시킬 수 있다. 생각을 전환시키는 연습을 해보면 같은 상황을 새로운 각도에서 바라보고 새로운 가치를 발견할 수 있다. 남들이 보지 못하는 것을 찾아내는 것이다. 생각을 전환시키는 것은 큰 변화이고 미래에 희망을 기대할 수 있다.

사람이 생각을 전환시키지 못하고 계속 예전의 방식을 고수하면 일이든 사업이든 오래 지속시키기 어렵다. 주인은 고객들의 불평에 같이 불평으로 대응할 것이다. 그럴수록 잘될 수 있는 희망은 멀어지고 만다. 세상에는 다양한 사람들이 있다. 사람들은 저마다 생각하는 것이 다르고 보는 것도 다르다. 어떤 사람은 다른 사람들이 싫어하는 것을 좋아하기도 한다. 생각을 전환시키려는 마음만 있어도 그런 사람들의 모습을 기회로 보고 접근할 수 있다. 생각을 전환시키고 미래의 희망으로 만들어내라. 부정적인 상황에서도 좋은 점을 발견할 수 있는 사람이 되어라. 그러면 미래에 더 많은 기회와 더 많은 희망을 볼 수 있다.

마음에서 바로 지금부터 변화하라

사람은 마음을 움직이면 변화할 수 있다. 하지만 변화는 쉽지 않다. 삶에는 관성과 타성이 있기 때문에 많이 노력하지 않으면 변화하기 어렵고 살아온 그대로 살아갈 수밖에 없다. 어제와 오늘과 내일이 같은 패턴으로 반복된다. 그러면 사람은 오늘과 다른 내일을 기대하기 어렵다. 사람은 어떻게 해야 할까? 마음에서 바로 지금부터 변화하라.

사람은 누구나 패턴을 가지고 있다. 삶에는 패턴이 숨어 있다. 삶이 일정한 리듬을 가지고 반복되는 것이다. 사람은 마음에서 지금부터 변화하려는 의지가 있어야 삶의 패턴을 변화시킬 수 있다. 패턴을 움직이지 못하면 패턴의 리듬 속에서 맴돌게 된다. 이 패턴을 어떻게 할 것인가? 사람은 먼저 패턴에 대해서 인식해야 한다. 그리고 나쁘게 반복되는 패턴을 변화시키면 된다.

그렇지 않으면 사람은 자신도 모르는 사이에 나쁜 패턴에 더욱 길들여지고 삶은 더욱 힘들어진다.

내일부터 변화하려는 마음을 가지지 말라. 마음에서 바로 지금부터 변화할 수 있도록 노력하라. 그러면 삶은 더 새로워진다. 사람은 무슨 패턴부터 변화시켜야 할지 선택하는 재미도 조금씩 느낄 수 있다.

자신의 삶에 만족하는 사람은 아주 소수다. 어떤 삶을 살아도 재미는 오래 가지 않는다. 그리고 사람은 이내 반복되는 패턴에 익숙해진다. 그러면 어떻게 하면 될까? 만족스럽지 않은 삶의 패턴 때문에 힘들 때 말이다. 그럴 때 사람은 마음을 변화시켜야 한다. 사람은 자신의 마음을 적극적으로 변화시킬 때 삶이 많이 달라질 수 있다.

지금부터 변화하고 싶은 마음을 내일로 미루지 말라. 다음부터 변화하고 싶어 하는 나약한 마음은 삶을 점차 관성과 타성의 늪에 빠뜨린다. 사람은 마음에서 한 가지를 변화시키면 삶에 한 가지 새로운 것이 생겨난다. 이제 어제의 자신과 이별하라. 이제 내일의 새로운 자신과 만나라. 내일부터가 아니다. 바로 오늘부터다. 바로 지금부터다.

관점을 바꾸면 마음이 많이 달라진다

돈은 많이 중요하다. 사람은 먹고 살기 위해 돈이 꼭 필요하다. 그래서 사람은 돈을 벌기 위해 힘들게 일한다. 아마도 어떤 사람도 돈을 싫어하지 않을 것이다. 돈은 그렇게 중요하다. 하지만 관점을 바꾸어서 땅 속에 묻혀 있는 씨앗에게는 돈이 흙보다 더 중요하지 않다. 씨앗에게는 흙이 돈보다 더 많이 중요하다. 돈은 금속과 종이에 불과하다. 관점을 바꾸면 마음이 많이 달라진다.

관점을 어떻게 가지고 있느냐에 따라서 삶은 많이 달라질 수 있다. 당신은 하루하루를 물이 흘러가듯이 그저 살아가고 있는가? 그렇다면 다음과 같이 관점을 바꾸어보라. 오늘 살고 있는 시간은 다시 돌이킬 수 없는 소중한 시간이다. 시간은 아주 많이 소중하다. 이렇게 보면 아무렇게나 흘려보내서는 안 되는 삶이다.

관점을 바꾸면 같은 대상도 마음에 전혀 다르게 와 닿는다. 관점을 바꾸면 삶이 달라질 수 있다. 관점을 바꾸면 절망 속에 있더라도 마음에 희망이 비칠 수 있다. 관점을 어떻게 하느냐에 따라서 삶은 다르게 변할 수 있다. 삶이 그냥 소진되게 놔두어서는 안 된다. 많이 노력하며 관점을 적극적으로 바꾸고 삶을 개척해야 한다.

사람은 절망 속에 있을 때 괴롭다. 마음이 힘들다. 하지만 시간이 지나고 절망이 지나가고 나면 마음에서 희망을 느낄 수 있다. 인생은 아주 소중하다. 인생을 함부로 흘려보내서는 안 된다. 그리고 또 다시 절망의 순간이 오더라도 관점을 바꾸어서 오히려 희망을 느낄 수 있도록 하라. 관점만 바꾸면 인생을 다른 각도에서 볼 수 있다.

이제 관점을 바꾸어서 인생을 한 번쯤 거꾸로 보라. 그러면 지금까지 지나온 시간보다 남아 있는 시간을 볼 수 있다. 어떻게 하면 현재를 잘 살지 보다는 어떻게 하면 아직 오지 않은 미래를 잘 살지를 고민해야 한다. 시간의 노예가 아니라 시간의 주인이 되어라. 인생은 한번뿐이다. 이 사실만으로도 삶은 많이 소중하다. 비록 절망 속에 있더라도 자신을 많이 괴롭히지 말라. 이제 관점을 바꾸어라. 관점을 바꾸면 머지않아서 마음에 희망이 다가올 수 있다.

미리 대비책을 만들면 희망을 확보할 수 있다

대한민국 사회는 불확실성이 더 높아지고 있다. 대기업에서 일하더라도 40대를 넘어서면 회사를 떠날 준비를 해야 한다. 제2의 취업 시기다. 이때 많은 사람들은 취업을 잘하지 못하고 다른 길을 찾으려고 한다. 바로 사업이다. 창업이다. 자영업이다. 가게를 새로 내는 것이다. 하지만 40년 넘는 동안 자영업을 해본 경험이 없는 사람들은 자영업의 모험이 실패를 부를 가능성이 많고 그러면 인생이 위기로 내몰릴 수 있다.

미래에 위기가 예측될 때 어떻게 하는가? 위기가 미리 예측되기 시작하면 마음이 불안해진다. 그리고 삶은 흔들린다. 무섭기도 하고 불안정하기도 한 그때에 어떻게 하지 못하고 앞으로 나갈 수밖에 없다. 40대 중반의 모험의 때에 잘하지 못하면 인생은 위험해진다. 이때 지혜로워야 한다. 어떻게 하면 미래의 모험을 지혜롭게 준비할 수 있을까? 그것은 바로 미리 대비책을 만들어두는 것이다. 미래의 모험에 맞설 수 있는 최고의 방법은 미리 대비책을 만들어서 모험의 위험성을 크게 줄이는 것이다. 하지만 현실에서 많은 사람들은 그렇게 하지 않는다.

모험을 하려는 사람들은 먼저 자본금을 한 번에 전부 다 쓰면 안 된다. 자본금을 쪼개야 하고 분산해야 한다. 한 번의 모험에 그것도 한 번의 사업에 모든 자본금을 써버리고 나면 그 사업이 실패했을 때 다시 일어서기가 많이 어렵다. 그래서 자본금을 분산해두는 지혜가 있어야 한다. 이와 함께 목표하는 자영업의 모험 외에 차선책의 대비책을 한두 가지 정도 미리 만들어야 한다.

이제 장기 불황 시대이고 경제 현실이 더 어려워지고 있다. 모험을 하는 사람들은 차선책을 가능하다면 두 가지 정도 갖추어두어야 하고 그러면 모험을 하더라도 안정성이 높아지고 성공 가능성도 많아진다. 모험을 하다가 잘되지 않고 실패하면 마음이 두려워지고 인생이 불안정해진다. 그럴 때 모험의 실패를 미리 대비한 중요한 차선책 두 가지 정도가 있다면 그냥 툴툴 털어버리고 일어날 수 있다. 그리고 다음에는 방향을 빠르게 전환할 수 있다. 그리고 다음의 차선책을 가동시킬 때 모험의 실패에서 알아낸 것들을 적용시킬 수 있고 그러면 성공할 수 있는 가능성은 더 높아진다. 한 번의 모험으로 인생의 전부를 결정지어서는 안 된다.

어떻게 차선책을 만들어두어야 할까? 자신이 보기에 또 남들이 보기에도 잘할 수 있는 일이어야 한다. 자신의 재능이 어디에 있는지 주관적으로 또 객관적으로 잘 알아야 한다. 단순히 경제적인 차선책을 넘어 직업의 차선책이다. 자신이 하고 싶은 일과 잘할 수 있는 일 중에서 아무래도 잘할 수 있는 일 쪽의 분야를 선택해서 미리 대비해두는 것이 지혜롭고 미래에 더 안전해지는 길이다.

나는 인생에서 모험을 세 번 해보았다. 나는 20대 중반 조금 이전에 자립하려고 한 번, 20대 중반 조금 넘어서 대학원 학위 논문을 쓰기 위해서 한 번, 그리고 30대 초반에 연구 작가를 하기 위해서 한 번 모두 합해서 세 번의 모험을 했다. 나는 독자들에게 단순히 말로만 모험을 할 때 차선책을 미리 마련해야 한다고 말하지 않는다. 나는 실제로 겪었고 직접 깨달았던 지혜의 방법을 독자들에게 전했다.

나는 첫 번째 모험에서는 차선책 자체를 생각해두지 못했기 때문에 자신감은 있었지만 많이 힘들었다. 나는 시간이 많이 지난 지금 생각해보면 다시 그때로 가면 모험을 하기 어려울 것 같이 느끼지만 좋은 차선책이 있다면 다시 모험할 수도 있을 것 같다고 생각한다. 차선책은 그만큼 중요하다. 나는 두 번째 모험에서는 미리 차선책을 한 가지 마련해두었다. 나는 대학원에서 독자적으로 학위 논문을 쓰고 싶었고 연구실의 교수님과 전공이 다른 분야의 통신 주제로 모험을 했으며 경쟁력을 높이기 위해 학위 논문을 전부 영어로 썼고 미리 차선책 아이디어 한 가지를 마련해두었다. 나는 세 번째 모험에서는 미리 차선책을 마련해두었다. 나는 국방과학연구소에서 연구원 전문계약직 전문연구요원으로 일할 때 일을 미리 미리 처리했고 일 잘한다는 말을 다수 들었으며 일을 더 해줬으면 하는 요청들을 받았지만 직장 생활이 마음에 들지 않았고 삶이 즐겁지도 않았다. 나는 가슴에서 하고 싶었던 일이 떠올랐는데 바로 연구 작가였다. 나는 연구원과 작가를 연결시켰고 연구 작가로 살고 싶었으며 현실적으로 또 경제적으로 많이 살펴보았고 조사했었다.

사업을 시작할 때는 목표 시한을 단순히 1년, 2년으로 잡아서는 안 된다. 그리고 그 사이에 잘되지 않더라도 마음에서 인내할 수 있어야 한다. 잘되지 않을 때를 견딜 수 있어야 한다. 치킨 가게를 열고 5년이 지나서 또는 10년이 지나서도 장사를 하고 있다면 잘하는 것이다. 치킨 가게들 중에 50% 넘게는 5년이 지나면 문을 닫고 90% 넘게는 10년이 지나면 문을 닫기 때문이다. 사업을 하며 목표를 정할 때 시점을 5년과 10년 이렇게 중장기적으로 둘 필요가 있다.

만약에 모험이 잘되지 않고 치킨 가게가 잘되지 않아서 마음이 절망스러울 때 차선책을 가동시킬 여력이 된다면 실패로 인한 고통을 많이 줄일 수 있다. 얼마나 센스 있는 방법인가? 차선책을 미리 마련해두지 못한 사람들은 사업의 모험이 잘되지 않았을 때 그대로 절망을 만나고 다시 시도할 수 있는 기회조차 없다. 두려운 일이다. 미리 실패를 대비하고 미리 차선책을 마련해두면 마음에서 다소 안도할 수 있고 사업의 모험을 추진하며 안정감을 느낄 수 있고 위험의 요소에 능동적으로 대응할 수 있다.

대한민국 사회에서 많은 사람들은 대기업에서 일하더라도 실제로 조기 퇴직을 하고 나면 사업과 창업과 자영업에 도전할 수밖에 없다. 모험은 새로운 길을 개척하는 것이다. 그래서 모험은 많이 어렵다. 하지만 자영업의 성공 확률은 많이 낮은 편이다. 자영업을 3년 이상 지속시키기도 어렵다. 이러한 현실을 알고 있다면 미리 좋은 차선책들을 만들어두어야 한다. 자영업이 잘되지 않았을 때를 대비한 좋은 차선책들이 있다면 삶은 더 안정될 수 있고 미래의 더 많은 가능성을 확보할 수 있다. 바로 좋은 차선책으로 미래의 희망을 확보할 수 있다.

나는 모험을 하고 싶어서 또는 모험이 좋아서 모험을 세 번 했던 것이 아니다. 나는 세 번째 모험에서 중장기적으로 앞을 내다보았을 때 어쩔 수 없이 모험을 하게 되는 시기를 만나는 현실을 15년 정도 미리 포착했다. 모험을 하고 싶어 하는 사람들은 미래를 미리 포착하는 감각이 있어야 한다. 모험을 하는 중에도 추진하고 있는 자영업이 잘될지 안 될지 미리 포착할 수 있다면 미리 적절한 방법으로 대비할 수 있고 막아낼 수도 있다. 예를 들어서 치킨 가게에 손님이 조금씩 줄어들고 있다면 그 작은 변화를 미리 포착해서 새로운 전략으로 미래에 대응해야 한다.

5장 가슴에 희망을 채워야 한다

따뜻한 말을 하면 마음을 녹일 수 있다

켄 블랜차드의 『칭찬은 고래도 춤추게 한다』에는 "범고래들에게 잘못한 일 대신에 잘한 일에 관심을 가져주면 올바른 행동을 더 많이 하게 된다."는 말이 나온다. 학교에서도 그럴 수 있다. 선생님은 학생이 장난을 쳐서 수업 분위기를 해칠 때 대체로 잘못한 일로 여기고 벌을 주려고 한다. 나는 학교에 다닐 때 그런 모습을 가끔씩 보았다. 만약에 선생님이 학생에게 벌을 주려고 하기보다 좋은 말로 타이르고 학생의 불안감을 누그러뜨리면 오히려 학생은 선생님에게 감사한 마음을 품는다.

사람은 누구나 잘못을 할 수 있다. 하지만 사람은 잘못 할 때 잘못 한다고만 지적을 받으면 마음에서 주눅이 들게 되고 오히려 더 못하게 된다. 나쁜 일이 더 증폭된다. 사람은 다른 사람의 잘못을 발견할 때 잘한 것도 떠올릴 수 있도록 따뜻하게 말해주는 것이 필요하다. 그러면 따뜻한 말은 그 사람의 마음을 녹일 수 있다.

차가운 말은 관계를 단절시키고 만다. 하지만 따뜻한 말은 다른 사람의 마음을 녹이고 기분 좋게 만든다. 작은 선행을 받고 나서 "감사합니다."라는 말을 건네면 세상이 따뜻하게 느껴진다. 한 마디 말에 불과하지만 사람의 마음은 더 따뜻해진다.

때로 차가운 말을 해야 할 경우에도 차분하게 말하도록 하라. 그리고 차가움 다음에 따뜻함도 갖추어라. 그러면 관계는 조금씩 부드러워질 수 있다.

나는 가끔씩 휴대폰으로 TV 방송에서 나오는 ARS 번호로 전화를 걸어서 2000원씩 기부를 다수 했었다. 나는 적은 돈이어서 그런지 부담감이 적었고 같은 ARS 번호로 한 번에 전화를 세 차례씩 걸기도 했었다. 적은 돈이지만 많은 사람들이 참여하면 사회가 조금 더 따뜻해진다. 그리고 어려움 가운데 있는 사람들에게는 따뜻한 희망이 된다. 그러면 기부하는 사람도 마음이 즐겁고 기부의 혜택을 받는 사람도 마음이 즐겁다.

가슴을 파고드는 진심을 보여주어야 한다

오늘날 유럽 연합을 이끌며 신뢰를 받고 있는 나라가 있다. 바로 독일이다. 그런데 쉽게 이해하기 어려운 부분이 있다. 반세기 동안 전쟁을 두 번이나 일으켰던 나라가 신뢰를 받고 있으니 말이다. 바로 빌리 브란트가 있었기에 가능했다.

빌리 브란트는 서독의 수상이 되고 나서 1년이 지난 1970년에 폴란드 바르샤바의 유대인 추모 묘역에 가서 갑자기 무릎을 꿇고 눈물을 흘렸다. 예정되지 않은 일이었다. 참회하는 모습이었다. 그는 수상이 되기 전에 오히려 반나치 활동을 했었다. 독일은 제2차 세계대전 때 폴란드를 가장 먼저 침공했었다. 수상이 국민을 대표해 할 수 있는 어떤 말보다 가슴을 파고드는 진실한 모습이었다. 그는 유럽의 분노와 의심을 거두어들였다. 서독 국내의 여론은 수상의 모습에 대해 부정적인 기류도 있었지만 당시 한 외신은 "무릎 꿇은 건 한 사람이었지만 일어선 건 독일 전체였다."라고 전했다. 빌리 브란트의 수상 재임 기간은 2년으로 짧았지만 유럽에서는 이 시기를 '브란트 시대'로 부른다. 빌리 브란트가 아니었으면 서독은 희망을 보기 어려웠을 것이다. 유럽은 독일로부터 전쟁의 상처를 입었기 때문이다. 독일이 전후 배상금을 물어주기는 했지만 신뢰를 회복하기는 어려웠다. 하지만 빌리 브란트의 현명하고도 용기 있는 모습 때문에 유럽은 감동을 받았고 독일을 향해서 새로운 시선으로 바라보았다.

독일이 통일을 할 수 있었던 세 가지 흐름 중에서 한 가지 결정적인 흐름이 빌리 브란트가 추진했던 동방 정책에서 시작되었다. 그리고 20여 년이 지난 1990년에 독일은 마침내 통일했다. 다른 두 가지 흐름은 독일 내의 안정적인 정권 교체의 흐름과 당시 대외적인 힘을 가지고 있었던 구소련이 개혁과 개방 정책을 추진하면서 독일이 통일에 다가설 수 있는 분위기를 만들어주었던 흐름이다.

가슴을 파고드는 진심을 보여줄 수 있으면 희망을 만들어낼 수 있다. 오늘날 한국의 입장에서 북한과 일본에 대해서 생각해볼 수 있다. 한국과 북한에도 빌리 브란트와 같은 국가지도자가 있다면 미래의 통일을 모색해볼 수 있을 것이다. 그렇게 하려면 지속적으로 만나야 하고 화해의 정책을 추진해야 하며 미래를 위해 협력해야 한다. 그러면 한국과 북한은 민족의 화합을 넘어서 경제 발전이라는 도약을 이룰 수 있고 한국의 국민들과 북한의 인민들에게 희망을 선물할 수 있다.

일본은 가깝고도 먼 나라다. 한국의 바로 오른쪽 옆에 있는 섬나라이지만 정서적으로 거리감이 멀다. 아마도 역사적 문제가 깊어서일 것이다. 또한 독도 문제 때문이다. 서독의 빌리 브란트 수상이 국가를 대표해 이전 세대의 잘못을 대신해서 유대인 묘역에서 무릎을 꿇고 참회했던 것처럼 만약에 일본의 수상이 한국에 와서 무릎을 꿇고 참회하는 모습을 보였다면 오늘날 한국과 일본은 서로 희망을 느끼는 사이가 되었을 수도 있다.

스포츠 경기에서 특히 축구 경기에서 한국 대표팀과 일본 대표팀이 만나면 서로 지지 않아야 한다는 중압감에 시달린다. 양국의 국민들은 서로 상대 국가에게는 지지 않아야 한다고 생각한다. 혹시 지기라도 하면 많은 질책을 한다. 심지어 한국의 김연아 전 피겨스케이팅 선수와 일본의 아사다 마오 전 피겨스케이팅 선수를 놓고서 경쟁자이자 대립 관계로 부각시키기도 했었다.

유럽은 유럽 경제 공동체를 지나서 유럽 연합으로 통합되었다. 유럽 경제권이 형성된 것이다. 영국이 브렉시트를 결정했지만 유럽 연합은 아직 건재하다. 하지만 동북아시아는 다르다. 한국, 북한, 중국, 일본은 갈등을 겪고 있고 영토 분쟁이 심각하며 통합이 어렵다. 동북아시아의 국가들이 유럽을 보고 배울 수 있어야 미래의 희망을 모색할 수 있다.

사람은 희망을 품는 존재다

독일의 사상가 에른스트 블로허는 "인간은 끊임없이 희망을 품는 존재다."라고 말했다. 희망은 삶을 지속하는 힘이다. 희망은 하루를 더 살게 해주고 내일을 기대하게 만든다.

미국의 작가 오 헨리의 「마지막 잎새」를 보면 뉴욕의 한 아파트에서 사는 무명의 가난한 여류 화가 존시가 나온다. 그녀는 찬바람이 부는 11월의 어느 날 심한 폐렴에 걸려서 사경을 헤맸다. 그녀는 삶에 대한 희망을 잃고 친구의 격려도 아랑곳없이 창문 너머로 보이는 담쟁이덩굴 잎이 다 떨어질 때가 되면 자기의 생명도 끝이 난다고 생각했다.

하지만 같은 집에 사는 친절한 노인 베어먼은 생명과 그 담쟁이가 무슨 관계가 있냐고 말했지만 나중에 존시 몰래 나뭇잎

한 개를 벽에 그려 놓았다. 그는 심한 비바람도 견뎌낸 진짜 나뭇잎처럼 보이게 했다. 종일 잎은 떨어지지 않았다. 그리고 존시는 삶에 대한 희망을 이어갔다.

사람은 희망이 없으면 무력해진다. 「마지막 잎새」에서 존시는 담쟁이 덩굴 잎을 보며 희망을 떠올렸다. 한국 사회에 멘토 열풍이 불었던 적이 있다. 인생을 살아가는 데 있어서 멘토는 좋은 조언자다. 조언자는 다른 사람들에게 긍정적으로 말해줄 수 있고 희망을 줄 수도 있다. 그런 점에서 멘토는 희망을 떠올리게 하는 사람이다. 데일 카네기의 『나의 멘토 링컨』을 보면 에이브러햄 링컨이 멘토였다는 사실을 알 수 있다. 데일 카네기 외에도 에이브러햄 링컨을 멘토로 여기는 사람들이 많다. 미국의 대통령들 중에는 어려운 문제가 생길 때 백악관에 걸려 있는 에이브러햄 링컨의 초상화를 바라보면서 '링컨이었다면 어떻게 했을까?'라고 생각해본다고 한다. 에이브러햄 링컨은 『위대한 대통령 끔찍한 대통령』에서 보면 미국에서 역대 1위로 평가 받는 대통령이었다.

에이브러햄 링컨 대통령은 미국의 많은 노예들에게 자유를 선사했다. 그는 대통령 선거에서 재선된 1864년 초에 드디어 노예 해방 선언을 했다. 많은 반대파들도 있었다. 특히 남북 전쟁 중이던 당시에 노예 해방 선언은 기득권을 누리고 있던 계층으로부터 반발을 불렀다. 하지만 그는 노예를 해방시켰다. 에이브러함 링컨의 결정으로 미국 대륙의 많은 노예들은 자유라는 희망의 선물을 받았다.

경기는 아직 끝나지 않았다

만화 『슬램 덩크』를 보면 북산고 감독이 시합 도중 포기하려는 농구 선수에게 "마지막까지 희망을 버려선 안 돼. 단념하면 그때는 끝이야."라고 말하는 장면이 나온다. 희망을 버리지 않는 한 끝난 것이 아니다. 1%의 가능성만이라도 있다면 희망을 버리면 안 된다.

마라톤 선수들은 자신의 한계를 시험하는 마라톤 경기에서 도중에 그만두고 싶을 때가 많다. 아무래도 42.195킬로미터는 엄청난 거리다. 마라톤 경기 전 구간을 참고 달리기에는 체력적으로 너무 힘들다. 그래도 마라톤 선수들은 달려야 하고 완주해야 한다. 완주하지 못한 사람에게 순위는 없다. 때로 천천히 걷더라도 좋다. 마라톤 선수들은 완주하고 난 다음의 기쁨을 생각해보면 힘을 낼 수 있다.

사람은 멈추고 포기하는 순간 희망도 멈추게 된다. 희망은 사람이 멈추지 않는 한 언젠가 실현할 수 있다. 가슴 속에서 희망이 밝게 빛나게 하라. 가슴에 희망을 품고 희망을 향해서 달려라. 가슴의 희망을 내려놓지 말라.

인생은 마라톤 경기와 비슷하다. 사람은 인생의 마라톤 경기가 끝날 때까지 하루하루 달려야 한다. 때로 힘들고 멈추고 싶을 것이다. 그럴 때마다 미래의 희망을 떠올리고 앞을 향해서 더 힘차게 달려라. 희망이 있는 한 달릴 수 있다. 사람은 희망이 있을 때 마음이 더 가벼워지고 미래는 더 밝아진다.

자신을 믿을 수 있으면 가슴에서 희망이 솟아오른다

랄프 왈도 에머슨은 "희망은 예측하지 못할 상황이 아니면 결코 그 아름다운 날개를 펴지 않는다. 미래가 불투명한 상황에서 희망은 드디어 빛을 발한다. 예측하지 못할 상황에 직면할 때 더욱 더 희망을 믿자."라고 말했다. 자신을 믿지 못해서 희망이 없는 것처럼 느껴진 적이 있는가? 사람들은 한 번쯤은 그런 적이 있을 것이다. 자신을 믿지 못할 때 미래의 희망을 생각해보라. 그리고 지난 날 잘해냈던 때를 생각해보라. 그러면 점차 자신을 믿을 수 있다.

미래가 불투명할 때 과거 속에서 자신이 잘해냈던 때를 찾아내야 한다. 그러면 희망은 조금씩 객관적으로 변한다. 뜬 구름을 잡는 희망이 아니라 살아 있는 분명한 희망으로 다가온다. 그리고 자신을 믿을 수 있으면 가슴에서 희망이 솟아오른다.

자신을 믿지 못하고 암울한 절망이 마음을 괴롭게 할 때는 과거를 탐색하라. 마음에서 멋졌던 순간, 대단한 성취, 기뻤던 때를 떠올려보라. 그때는 모두 희망의 순간이었다. 사람은 아무도 해내지 못할 것 같은 일을 해냈을 때 자신을 믿을 수 있게 된다.

과거의 데이터가 함께 하는 희망은 쉽게 사라지지 않는다. 한 번 해낸 사람은 또 해낼 수 있다. 어려움은 있어도 많이 노력하면 극복할 수 있다. 사람은 작은 어려움을 넘고 희망을 만들어내면 그 다음에 더 큰 어려움도 넘을 수 있다. 자신의 잠재력을 믿어라. 그리고 많이 노력하라. 이제는 절망 속에서 시간을 낭비하기보다 어떻게 하면 앞에 놓인 어려운 일을 해낼 수 있을지 방법을 고민하라.

자신의 가능성을 믿어라. 그러면 희망이 날개를 달고 하늘을 향해서 솟아오른다. 가슴에 희망이 있으면 삶이 즐겁다. 마음에 잘해낼 수 있다는 자신감이 들 때 희망은 당신을 한 걸음 더 앞으로 움직이게 할 것이다.

아직 절망 속에 있다면 마음을 내서 적극적으로 생각하고 적극적으로 움직여라. 절망은 근거가 없을 때가 많고 비이성적일 때가 많다. 많이 노력하면 절망을 조금씩 움직일 수 있다. 이제는 절망에 압도당하지 말라. 절망은 마음에서 힘을 빼앗아간다. 절망은 시간을 소모시킨다. 느려도 좋다. 천천히 걷더라도 괜찮다. 이제는 한 걸음씩 희망을 향해서 걸어라. 가슴에 희망이 있으면 힘들어도 웃을 수 있고 힘들어도 에너지가 생겨난다.

가슴에서 희망을 느끼면 미래를 향해서 긍정할 수 있다. 과거에 잘했던 때와 같이 미래에도 잘할 수 있다. 가슴에 희망이 솟아오르면 힘을 다해서 달려 나갈 수 있다. 그리고 자신을 믿게 된다.

희망 부자가 되도록 하라

로버트 루이스 스티븐슨은 "희망은 영원한 기쁨이다. 인간이 소유하고 있는 토지와 같은 것이다. 노력하는 만큼 해마다 수익이 증가하며 결코 한꺼번에 다 써버릴 수 없는 확실한 재산이다. 영원히 바닥나지 않는 기쁨이라는 열매를 매일 따먹을 수 있는 농장을 소유하고 있으니 얼마나 든든한가? 우리는 그 농장을 가꾸기만 하면 된다. 누구나 소유할 수 있는 자기만의 농장. 우리는 부자다."라고 말했다. 사람은 마음에 희망이 없으면 삶은 어두워진다. 하지만 마음에 희망이 많이 있으면 매일의 삶은 더 밝아지고 환해진다. 사람은 은행의 통장에 적립해둔 돈이 많다고 해서 꼭 부자가 아니다. 사람은 많은 돈을 가지고 있어도 오히려 불행할 수 있기 때문이다.

가슴에 희망의 농장을 일구어라. 앞으로의 삶은 더 나아질 수 있다는 희망의 씨앗을 많이 뿌리고 희망의 달콤한 열매를 거둬들여라. 사람은 희망이 많아도 부자가 될 수 있다. 바로 희망 부자다. 어떤 때는 희망이 돈보다 나을 수도 있다. 돈은 많이 쓰고 나면 사라지고 말지만 희망은 많이 써도 사라지지 않는다. 어쩌면 희망이 많은 부자가 돈이 많은 부자보다 더 나을 수도 있다.

마음에 절망의 잡초가 자라나지 않도록 잘 관리해야 한다. 절망의 잡초는 느슨한 마음에서 잘 자란다. 절망은 희망을 밀쳐내고 희망을 쫓아버린다. 그러면 마음은 곧 어두워지고 삶은 기운을 잃고 만다. 이제는 절망에 지지 말고 절망과 싸워라. 잘되지 않을 수도 있다는 불안감에 지면 안 된다. 불안감은 이유 없이 찾아올 때가 많다. 하지만 마음에서 불안감을 떨쳐내면 희망의 씨앗을 뿌릴 수 있다.

사람은 잘할 수 있는 일인데도 마음에 절망이 먼저 찾아오면 불안감에 압도 되고 그 일을 그만두고 만다. 포기하고 나면 절망은 더욱 짙어진다. 절망이 찾아오면 절망을 잘 직시해야 한다. 그리고 희망의 근거를 한 가지씩 알아내야 한다. 오늘 어두운 밤이 지나고 나면 내일 새로운 밝은 아침이 찾아오듯이 어두운 절망이 지나가고 나면 새로운 밝은 희망이 찾아온다.

바다를 항해하는 선원들은 불안감과 싸워야 한다. 바다 날씨가 언제 사납게 변할지 모르고 또한 배가 언제 폭풍우를 만날지 모르기 때문이다. 파도가 세게 일면 배는 이리 저리 흔들린다. 그러면 선원들은 불안감과 절망을 느낀다. 그럴 때마다 항로를 잘 살펴서 목적지로 잘 가도록 항해해야 한다. 그러면 선원들은 불안감에 잠간 힘들 수는 있어도 이내 곧 바다의 밝은 햇살을 만날 수 있다.

황금 채굴꾼은 1온스의 희망을 선택한다

황금 채굴꾼들이 1온스의 금을 캐내기 위해 광산에서 얼마나 많은 양의 돌과 흙을 채취하는지 아는가? 1온스는 약 0.028킬로그램이다. 그들은 수십 톤의 돌과 흙을 채취한다. 엄청난 양이다. 금이 0.01킬로그램 이하가 함유된 18캐럿의 금반지를 만드는데 대체로 20톤의 폐석이 발생한다고 알려져 있다.

당신은 1온스의 금을 얻기 위해서 수십 톤의 돌과 흙을 채취할 수 있겠는가? 아마도 섣불리 하려고 하지 않을 것이다. 많은 노력에 대비해서 얻는 것이 금 1온스밖에 되지 않기 때문이다. 하지만 황금 채굴꾼은 금 1온스의 희망을 선택한다. 황금 채굴꾼은 금이라는 희망을 보고 수십 톤의 돌과 흙에도 아랑곳하지 않고 일을 한다.

이제 황금 채굴꾼처럼 희망의 금을 적극적으로 캐내야 한다. 인생이 바로 광산이다. 그 광산 속에서 금맥을 찾아내고 돌과 흙을 채취해야 한다. 금맥을 찾아들어갈수록 마음에서 절망은 점차 멀어지고 희망은 더 밝게 다가온다. 당신이 많이 잘할 수 있는 재능을 찾아내라. 재능을 찾아들어갈수록 인생은 더 빛날 수 있다. 이제 잘할 수 있다는 마음을 가지고 많이 노력하며 적극적으로 재능을 키워라. 그래야 당신이 인생이라는 광산에서 희망의 금을 캐낼 수 있기 때문이다. 당신의 재능이 어디에 있는지 모르겠다면 재능이 어디에 있는지부터 고민해야 한다. 당신이 잘하는 일이 떠오르지 않는다면 가슴에서 하고 싶은 일이 재능이 될 수도 있다. 하고 싶은 일을 많이 하다보면 또 많이 노력하면 재능이 될 수도 있다. 시행착오를 겪어도 좋다. 황금 채굴꾼은 수십 톤 분량의 돌과 흙을 기꺼이 감수한다.

이제 황금 채굴꾼이 되어라. 당신은 인생에서 금맥을 찾아낼 수 있다. 수십 톤의 돌과 흙이라는 고통과 수고를 오히려 즐겁게 감수하라. 그렇게 많은 분량의 돌과 흙을 채취하고 1온스의 금을 캐낼 수 있다면 성공한 것이다. 땅 속에 묻혀 있는 금이 빛을 발할 수 없듯이 당신의 재능이 무관심 속에 묻혀 있으면 빛을 발할 수 없다. 금은 황금 채굴꾼의 손에서 빛날 수 있다. 황금 채굴꾼은 수십 톤의 돌과 흙을 채취하고 버리지만 1온스의 금에 만족할 수 있다.

희망이 있으면 존재만으로도 아름답다

모든 사람은 존재다. 사람은 존재한다는 사실만으로도 마음에서 삶이 감사하게 느껴질 수 있다. 하지만 존재한다는 사실은 잘 잊혀지고 만다. 나는 아주 가끔씩 마음에서 존재를 느낀다. 나는 살면서 존재한다는 사실을 떠올릴 때가 별로 없다. 나는 존재의 기적을 느끼는 순간 마음에서 희망을 느낀다. 희망이 있으면 존재만으로도 아름답다.

사람은 바쁘게 돌아가는 일상에 치여서 살다보면 자신이 누구인지도 잘 생각하지 못하고 지낸다. 시간이 흘러가는 것도 잘 모르고 하루하루를 보내며 그저 타성에 젖어 살아갈 뿐이다. 당신은 그저 흘러가는 대로 살고 싶은가? 아니면 당신은 존재하고 싶은가? 사람은 존재하려면 자신을 바로 볼 수 있는 조용한 시간을 가져야 한다. 사색이어도 좋다. 사람은 스스로 생각하며 존재를 느끼는 시간이 필요하다. 사람은 존재한다는 기적에 감사한 마음을 느끼는 순간 희망이 생긴다. 그리고 희망은 존재를 아름답게 한다.

사람은 불평하고 투덜대는 일상 속에서 자신을 찾게 되면 존재로 바라볼 수 있다. 사람은 흘러가는 시간을 잡고 자신을 바라볼 때 비로소 살아 있는 느낌을 가질 수 있다. 가슴에 손을 얹어 보라. 심장 박동 소리를 느껴보라. 사람은 살아 있는 것만으로도 희망이다. 무언가를 할 수 있는 가능성이 있으니 말이다.

살아 있음은 곧 희망이다. 사람은 살아 있기 때문에 움직일 수 있고 말할 수 있으며 먹을 수도 있고 걸을 수도 있다. 사람은 매일 존재로서 살아야 한다. 하루 중에 단 1분이라도 시간을 내서 자신을 있는 그대로 바라보라. 당신이 인생에서 어떤 대단한 일을 이루었기 때문이 아니라 잘났든 못났든 자신을 그저 소중한 존재로 대하면 마음에서 희망을 느낄 수 있다.

사람은 자신을 존재로서 바라보게 되면 마음에서 인생의 많은 장식품들을 한 개씩 내려놓게 된다. 자신을 설명하는 타이틀들을 벗게 된다. 그러면 마음은 더 홀가분해진다. 사람은 일생을 살면서 얼마 동안이나 존재로 느끼며 존재로 살아갈 수 있을까? 나는 존재를 생각하는 순간 마음에서 기분이 좋다. 더 소중해지는 느낌이다.

이제 자신을 존중하라. 그리고 자신을 존재로서 대하라. 자신이 더 소중하게 느껴질 것이다. 그것만으로 희망을 품어야 하는 이유는 충분하다. 사람은 희망이 있으면 더 아름다워진다. 마음에 희망이 스며들면 세상이 더욱 환해지고 밝아진다.

책을 깊이 읽으면 희망에 지식의 힘을 더할 수 있다

나는 좋은 책을 골라서 읽는 편이고 많이 읽는 것보다 깊이 읽는 것을 선호한다. 책을 깊이 읽고 마음에 좋은 지식을 많이 저장하라. 책 속에는 살아가는 데 양분이 되는 지식들이 많이 들어 있다. 마음만 있다면 누구든지 책을 읽고 지식을 자기 것으로 만들 수 있다.

지식이 희망과 관계가 있을까? 지식이 많으면 희망도 많아질까? 답은 '그렇다'이다. 희망의 반대말인 절망에 대해서 떠올려 보라. 절망은 어디에서 올까? 절망은 두려움과 불안에서 온다. 바로 불확실함이다. 사람은 앞일이 어떻게 될지 조마조마해하고 잘 알지 못하기 때문에 마음에 절망이 찾아온다.

사람은 내일이 어떻게 될지 미리 확실하게 알고 있다면 그런

놀라운 지식이 있다면 삶은 절대로 절망에 빠지지 않을 것이다. 지식을 움켜쥐고 있으면 절망에 잘 빠지지 않는다. 사람은 불확실함에는 확실한 지식으로 대응해야 한다. 지식은 확실할 수 있기 때문이다. 사람은 지식을 많이 담고 있으면 절망을 가볍게 이겨낼 수 있다.

책 속에 들어 있는 많은 지식은 두려움과 불안을 이기는 데 큰 도움을 준다. 만약에 어떤 사람이 우연히 산에서 산삼을 발견했다고 해보자. 그런데 산삼인지 아닌지 구분하지 못하면 그 사람은 오히려 마음이 불안해진다. 산삼인 줄 알고 먹었다가는 위험할 수도 있기 때문이다. 이때 산삼을 구분해줄 수 있는 확실한 지식을 가진 사람이 옆에 있으면 조금도 두려워지지 않을 것이다.

이제 좋은 책을 깊이 읽고 많은 지식을 얻어라. 책을 깊이 읽어야 한다. 얕은 지식은 오래 가지 못하고 쓸모도 별로 없다. 책을 깊이 읽어서 사고력을 늘려야 한다. 사람은 사고력이 있으면 마음에 절망이 들 때 절망을 직시하며 희망의 요소들을 한 가지씩 찾아들어갈 수 있다. 책을 깊이 읽으면 희망에 지식의 힘을 더할 수 있다.

책을 한 달에 한 권만 읽어도 좋다. 책을 많이 읽는 것보다는 깊이 읽는 것이 더 중요하다. 책을 깊이 읽는 데 익숙한 사람은 뿌리 깊은 나무가 비바람과 태풍이 와도 쉽게 뽑히지 않듯이 절망이라는 폭풍이 몰아쳐도 쉽게 흔들리지 않고 자신의 마음을 지킬 수 있다.

이제 책을 읽으면서 생각하라. 지식을 그냥 받아들이지 말고 사고하면서 받아들이기 시작하면 지식을 넘어서 깊고 유연한 사고력을 키울 수 있다. 객관적인 사실과 지식에 기반을 둔 사고력은 절망을 쉽게 물리칠 수 있다. 때로 마음에 절망이 찾아들어도 마음을 쉽게 내어주지 않는다.

이제 책을 깊이 읽으려면 반복해서 읽어야 한다. 많게는 열 번 넘게 반복해서 읽는 것도 좋은 방법이다. 그렇게 하면 책을 읽고 나서 1년이 지나서 지식이 사라져버리는 일은 일어나지 않는다. 하루 만에 책 한 권을 읽는 것은 오래지 않아서 잊혀지고 만다.

사람은 사고력과 지식을 갖추고 있으면 절망이 와도 가볍게 웃을 수 있다. 바로 희망의 요소들을 생각할 수 있기 때문이다. 바로 희망을 선택할 수 있기 때문이다.

많이 생각해보면 조금씩 희망을 느낄 수 있다

영국의 작가 캐서린 맨스필드는 "인생은 평화와 행복만으로는 지속될 수 없다. 고통과 노력이 필요하다. 고통을 두려워하지 말고 슬퍼하지 말라. 참고 인내하며 노력해가는 것이 인생이다. 희망은 언제나 고통의 언덕 너머에서 기다린다."라고 말했다. 사람은 실패와 고통 속에 있을 때 누구나 좌절한다. 그럴 때면 희망은 없는 것처럼 느껴진다. 당신은 그럴 때 어떻게 하는가? 실패가 주는 좌절감 속에서 지내는가? 아니면 적극적으로 실패를 개척하려고 하는가? 실패 속에 있을 때 가만히 눈을 감고 자신을 돌이켜보라. 그리고 많이 생각해보라. 많이 생각해보면 조금씩 희망을 느낄 수 있다. 그리고 왜 실패했는지 깨닫게 되면 오히려 실패를 개척해 나갈 수 있다.

사람은 고통이 심할 때 좌절감을 느낀다. 하지만 좌절감은 그렇게 오래 가지 않는다. 시간이 흐르면 감정도 변할 수 있다. 그리고 시간이 지나면 실패가 주는 좌절감은 점차 약해지기 시작한다. 가능하다면 마음에서 좌절감에 대해 적극적으로 생각해보아야 한다. 그러면 실패가 주는 좌절감은 점차 희망으로 나아갈 수 있다. 좌절감의 테두리 밖에는 희망의 빛이 비치고 있기 때문이다.

사람은 실패가 올 때 좌절감을 느낀다. 사람은 그럴 때 멈추어야 한다. 자신을 돌아봐야 한다. 실패가 전부는 아니다. 실패는 곧 지나갈 것이다. 시간이 흐르면 희망도 찾아올 수 있다. 사람은 누구나 실패할 때 마음이 쓰라리고 아프지만 실패에 대해서 많이 생각해보고 실패를 잘 개척하면 오히려 좋은 양분을 캐낼 수 있다.

이미 찾아온 실패 때문에 좌절감까지 겪고 실패를 그냥 돌려보내기만 한다면 손해다. 실패에 대해서 많이 생각해보라. 그리고 실패를 치밀하게 분석하고 나서 마음을 돌이켜라. 그렇지 않으면 또 다시 같은 실패를 반복하게 될 가능성이 많다. 그러면 실패에 지게 된다. 실패에 한번 지는 것은 괜찮다. 하지만 두 번 지면 어리석은 것이다. 이제 많이 생각해보고 깨달아야 한다. 마음에서 실패를 좌절감과 분리시키고 실패를 객관적으로 보며 실패를 분석하라. 실패에 대해서 많이 생각해보고 깨달으면 점차 왜 실패했는지 알 수 있고 다음에는 다른 방법을 시도할 수 있다. 이제 지난 번 실패보다 더 잘할 수 있다는 희망을 개척하는 것이다.

연예인들이 오디션에 붙을 때까지 얼마나 많이 노력하는지 아는가? 어떤 사람은 오디션에 백 번 넘게 도전했고 모두 실패했다. 그 사람은 기어코 120번째 오디션에서 드디어 합격했다. 그 사람은 바로 유명한 영화배우 하지원이다.

만약에 실패에 대해서 많이 생각해보고 깨달을 때까지 노력해본다면 미래의 실패를 급격히 줄일 수 있다. 같은 방법으로 해서 또 실패했다면 방법을 바꾸지 않는 한 성공할 가능성은 낮다. 전환점이 필요하다. 지원자들이 많고 높은 경쟁률이 문제라면 어떻게 할 수가 없다. 그러면 특별한 무기를 만들고 특별한 경쟁력을 가져야 한다. 또는 작품에 대해서 남들보다 더 나은 진정성을 보여주어야 한다. 그런 것들을 개발해야 한다. 그렇지 않으면 실패는 반복될 것이다.

이제 실패에 좌절하지 말라. 실패는 자연스러운 것이다. 이제 좌절감 속에서 자신을 괴롭히지 말라. 언젠가 잘되었을 때 웃을 수 있다. 많이 생각해보고 깨달아야 한다. 그러면 자신을 변화시킬 수 있고 달라질 수 있다. 이제 마음에 좌절감이 오면 더 깊이 생각하라. 마음에 왜 좌절감이 오는지 생각해보고 깨달으면 또다시 좌절감이 왔을 때 무력해지지 않을 수 있다. 이제 좌절감이라는 감정에 지면 안 된다. 미래에 대한 희망을 품고 다시 도전해보라. 그리고 그때는 다른 방법을 써야 한다. 자신의 방법을 개선시키면 희망은 더 많아진다.

성공이 오기 전에 실패가 오는 경우가 많다. 실패 앞에서 조금은 더 당당할 필요가 있다. 도전했기 때문에 실패가 있는 것이다. 도전하지 않으면 실패도 없다. 도전했다는 것은 긍정적인 것이다. 하지만 성공의 문을 활짝 열려면 왜 실패가 반복되는지 많이 생각해보고 깨달아야 한다. 이제 많이 생각해보고 깨달으면 더나은 방법으로 도전할 수 있고 더 나은 미래를 만들 수 있다.

지은이 **신영일**

대구광역시 장학생이 되며 대구광역시장상을 수상하였다.
국립경북대학교 전자전기공학부를 졸업했고 동 대학원을 졸업했으며 공학 석사 학위를
받았고 학위 논문을 국제학술대회에서 발표했다. 싸이월드에서 페이퍼 작가로 활동했다.
국방과학연구소에서 연구원 전문계약직 전문연구요원으로 일했고 한국형기동헬기 국책
사업에서 레이더경보수신기를 담당했다. 현재는 연구 작가이다.
학위 논문으로 「A Novel Cubic-Phase Linear Chirp for DS-UWB Ranging」이
있다. 저서로 『나는 힘든 청춘들에게 힘이 되고 싶다』, 『미래의 운명을 바꾸는 공부
잘하는 방법』이 있다.

*작가 공식 인터넷 홈페이지
페이스북 페이지 www.facebook.com/syipenauthor
네이버 블로그 http://blog.naver.com/syipen

사막과 희망의 오아시스

© 신영일, 2022

1판 1쇄 인쇄__2022년 08월 20일
1판 1쇄 발행__2022년 08월 30일

지은이__신영일
펴낸이__양정섭

펴낸곳__예서
　　　등록__제2019-000020호

제작·공급__경진출판
　　　이메일__mykyungjin@daum.net
　　　블로그__https://mykyungjin.tistory.com/
　　　사업장주소__서울특별시 금천구 시흥대로 57길(시흥동) 영광빌딩 203호
　　　전화__010-3171-7282 팩스__02-806-7282

값 12,000원
ISBN 979-11-91938-18-0 03810